KB267880

THE LORD OF FANTASY

몽환의 군주

FUSION FANTASTIC STORY

텀블러 장편 소설

몽환의 군주 1
텀블러 장편 소설

초판 1쇄 찍은 날 § 2013년 9월 23일
초판 1쇄 펴낸 날 § 2013년 9월 30일

지은이 § 텀블러
펴낸이 § 서경석

편집부장 § 권태완
편집책임 § 박은정

펴낸곳 § 도서출판 청어람
등록번호 § 제1081-1-89호
등록일자 § 1999. 5. 31
어람번호 § 제1-1677호

주소 § 경기도 부천시 원미구 심곡2동 163-2 서경B/D 3F (우) 420-822
전화 § 032-656-4452팩스 § 032-656-4453
http://www.chungeoram.com
E-mail § chungeorambook@daum.net

ⓒ 텀블러, 2013

ISBN 978-89-251-3481-9 04810
ISBN 978-89-251-3480-2 (세트)

THE LORD OF FANTASY
몽환의 군주
FUSION FANTASTIC STORY
텀블러 장편 소설
1
도서출판 청어람

THE LORD OF FANTASY

CONTENTS

THE LORD OF FANTASY
프롤로그

　대전 유성구 원촌동, 이곳은 봄에는 벚꽃길이, 여름에는 강바람이 불어 상당히 살기 좋은 동네다.

　하지만 하수 처리 시설이 동 중앙에 떡하니 자리 잡고 있는지라 어지간해서는 땅값이 오르지 않는 곳이기도 하다.

　오수로 인하여 냄새가 나는 것도 아니건만 사람들은 시설에 대한 편견을 쉽게 버리지 못한다.

　몇 년 전인가, 하수 처리 시설을 타 지역으로 옮긴다는 법안이 통과되기는 했으나, 정부의 최종 승인이 떨어지지 않아 이곳의 부동산은 죄다 골칫덩어리가 되어버렸다.

　그나마 멀찌감치 떨어진 곳에 대전 최고의 주상 복합 아파트 '스마트시티' 가 있어 후미진 느낌을 조금이나마 덜어주고 있다.

화수는 이런 원촌동에서도 하수 종말 처리장 맞은편, 가장 땅값이 싸고 사람이 적게 사는 동네에 산다.

젊은이들은 어느새 모두 타 지역으로 나가 버려 낮에는 지팡이나 짚고 다니는 노인뿐이다.

그나마 어슴푸레 땅거미가 지는 순간부터는 노인들조차 없어져 동네는 죽어버린 느낌마저 들게 한다.

이른 새벽, 이제 슬슬 동이 트려는 동네의 언덕을 화수가 힘겹게 오르고 있다.

“헉헉, 이젠 이 조그만 언덕 하나 오르는 것도 버겁네.”

다리가 불편한 화수에게 가파른 언덕이란 크나큰 장애물이었다.

그나마 이렇게 움직일 수 있으니 막노동판에서나마 받아주는 것이다.

그렇지 않았다면 진즉 굶어 죽고도 남았을 것이다.

화수의 나이 이제 스물여섯. 남들보다 군대를 일찍 가기는 했지만 제대 이후 상상조차 하지 못했던 악몽이 펼쳐지기 시작했다.

쌩쌩하게 잘 움직이던 다리가 갑자기 말을 듣지 않더니 종국에는 걸음조차 제대로 떼지 못하는 처지가 되어버렸다.

도대체 병원을 몇 군데나 다녀보았는지 기억도 나지 않는다. 하지만 분명한 것은 화수의 병을 제대로 진단조차 할 수 없다는 것이다.

그나마 국가에서 장애인증이 나온다면 지금보다는 생활이 나아질 테지만 병을 증명할 수 있는 자료가 없어서 그것도 불가능했다.

거기에 안 그래도 못난 얼굴에 점점 살이 붙기 시작했고, 이제는 100m만 뛰어도 헉헉거리는 초고도비만이 되어버렸다.

혹자들은 이런 화수를 보고 말한다.

생긴 것은 어디 씹다 만 무말랭이 같고, 살은 돼지같이 쪄서는 뻔뻔하게 돌아다니는 것이 용하다고 말이다.

이것도 다 그가 노력을 하지 않기 때문이다. 만약 극복하기 위해 조금이라도 노력했다면 그런 말까진 듣지 않을 것이다.

처음에는 그런 말에 상처를 받기 일쑤였지만, 이제는 그것도 익숙해진 지 오래다.

뼛속 깊숙이 박힌 자기합리화에 물이 들어버린 것이다.

집에 들어선 화수는 자신이 이렇게 된 것이 전부 세상 탓이라고 치부해 버린다.

"씨발, 다리 좀 못쓰면 일도 못해?! 에이, 좆같은 세상!"

하는 수 없다. 봉지 라면에 소주 한 병 마시고 또다시 잠을 청하는 수밖에.

끼리릭!

소주 병뚜껑을 돌려 딴 화수는 그대로 입에 소주병을 거꾸로 물었다.

꿀꺽꿀꺽!

"크흐!"

그나마 가스도 끊어진 지 오래라서 먹을 수 있는 것은 생라면뿐이다.

우드드득!

"쩝쩝. 이렇게라도 살아 있는 것을 감사히 여겨야 하나?"

이런 식으로 그저 매일매일 버티는 것뿐이다.

오로지 오늘 하루 일당으로 입에 풀칠하는 것에 연연했기에 앞으로 나아갈 수조차 없었다.

"에라, 모르겠다!"

아무것도 하지 않는 것, 그것은 미래가 없다는 것과 마찬가지이다.

하지만 화수는 자신의 미래 따위는 어찌 되어도 상관없다는 듯 눈을 감았다.

술김에 잠이라도 청하려는데, 그의 머리맡에 뭔가 딱딱한 물건이 놓여 있는 것 같다.

"으음?"

고개를 살짝 들어보니 다름 아닌 책 한 권이다.

얼마 전 친구가 집에 들렀을 때 놓고 간 모양이다.

"평행이론?"

일찍부터 책이라면 담을 쌓고 살아온 화수에게 이론은 그저 모스 부호와 같다.

무슨 의미인지 봐도 머리에 들어오지 않기 때문이다.

그러나 아주 오랜만에 책을 발견한 김에 펼쳐 내용을 확인해 보기로 했다.

아무리 무지한 화수라고는 하지만 낫 놓고 기역 자도 모르는 무지렁이는 아니기에 대충 뭐라고 쓰여 있는지는 알 수 있었다.

술자는 책에 이렇게 기술하고 있었다.

무릇 세상의 모든 것에는 그것의 본질을 똑같이 닮은 무언가가 존재한다. … 중략… 같은 세대에 자신을 닮은 평행선이 있는가 하면 차원을 넘어 평행선이 존재할 수도 있다.

화수는 책을 덮어버렸다.

"무슨 개소리를 하고 자빠진 거야?"

화수는 행여나 자신과 비슷한 처지에 비슷한 모습을 가진 사람이 더 존재한다면 그것은 바로 저주라고 생각한다.

"이 모양 이 꼴이라면 그건 죽어야지 왜 살아?"

공사장이었다면 책을 베고 잠이라도 자겠지만 이곳은 집이다.

화수는 책을 방구석 한쪽으로 아무렇게나 집어 던졌다.

"에라, 모르겠다!"

쓰린 속을 달래며 그는 술김에 잠을 청했다.

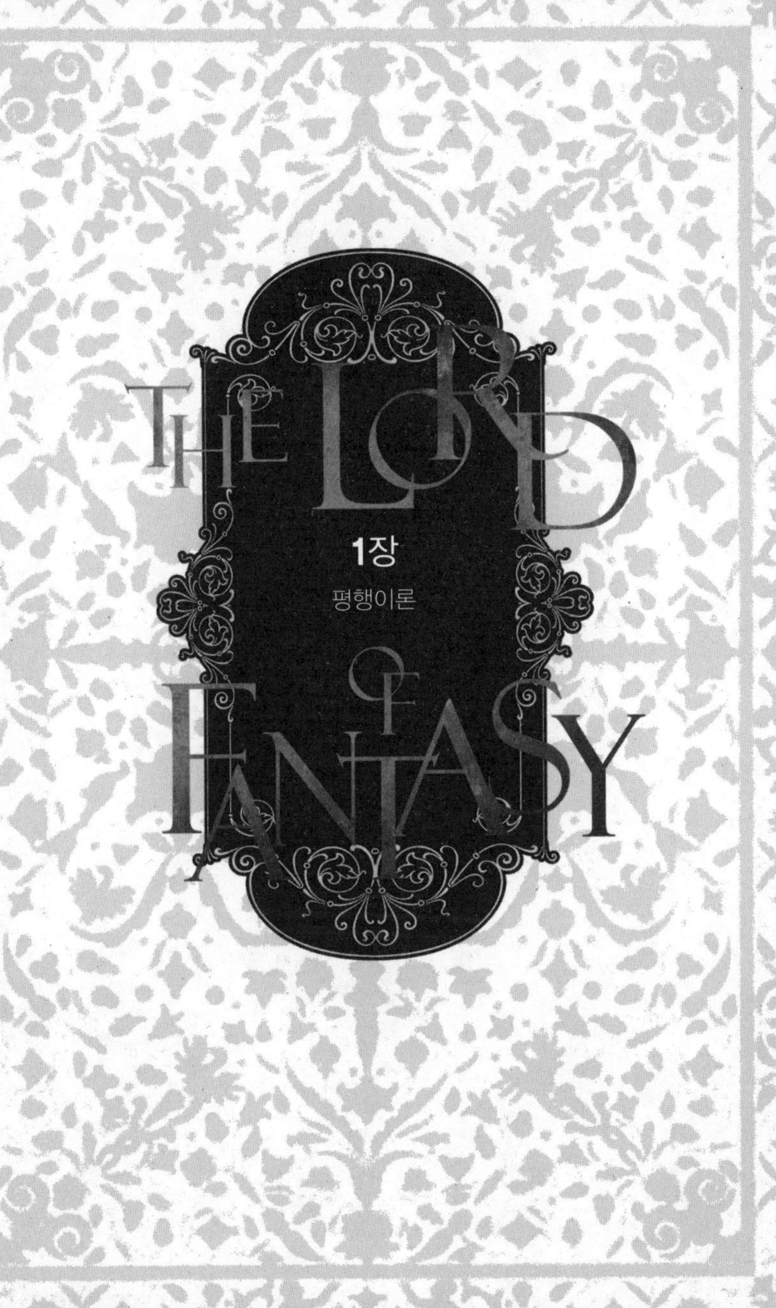

THE LORD OF FANTASY
1장
평행이론

휘이이이잉!

어디선가 차가운 바람이 불어오는 듯하다.

아무리 낡아빠져 다 쓰러져 가는 집이라고는 하나 바람이 통할 정도는 아니었다.

더군다나 지금은 열대야가 기승을 부리는 한여름이 아닌가?

"으으……!"

이가 딱딱 부딪치는 느낌, 마치 1월의 칼바람 한복판에 누워 있는 것 같다.

아마도 에어컨 빵빵한 방을 그리워한 나머지 일이 이렇게 된 모양이다.

역시 간절하게 바라면 꿈에서나마 소원이 이뤄지는가 보다.

잠시 후, 무언가 묵직한 철문이 열리는 소리가 들린다.

철컹!

"영주님, 이제 자리에서 일어나실 시간입니다."

"으으, 으으으……!"

분명 잠이 든 지 얼마 되지 않은 것 같은데 일어나라니, 화수는 고개를 이불 깊숙이 처박아 버린다.

추위로 인해 몸이 굳어 제대로 일어나지도 못할 판국에 주변 사람 말이 귀에 들릴 리가 없었던 것이다.

"영주님, 일어나셔야지요. 이러고 계시다간 군사들이 기다리느라 발이 다 얼어버릴 겁니다."

순간, 화수는 잠이 든 채로 고개를 갸웃거렸다.

'이 새끼, 이거 지금 뭐라고 지껄이는 거야? 꿈인가?

화수는 분명 그렇게 생각했다. 영주라니, 게다가 병사라니.

만약 화수가 미친 것이 아니라면 지금 이것은 분명 꿈일 것이다.

어제 영화 '킹덤 오브 헤븐'을 봐서 그런지 아직 잔상이 남아 있는 것이 분명했다.

"병사들이라니… 십자군이라도 쳐들어왔나?"

그렇게 말하며 살며시 눈을 뜨자, 정말로 체인메일을 걸친 청년이 서 있는 것이 아닌가?

건장한 덩치의 청년은 상당히 준수하게 생긴 편이었지만, 며칠째 피죽도 못 먹은 모양이다.

얼굴에 핏기가 하나도 남아 있지 않은 데다 눈가에 기미가 가득했던 것이다.

요즘 세상에 영양실조라니, 꿈도 참 말도 안 되는 꿈을 다 꾼다.

"거참, 내가 궁핍하다 보니 별의별 이상한 꿈을 다 꾸는군."

청년은 고개를 갸웃거렸다.

"영주님?"

어차피 한숨 푹 자고 나면 깰 꿈이다. 그렇지만 청년의 눈망울에서 금방이라도 눈물이 떨어질 것 같아 자리에서 일어섰다.

"후우! 까짓것, 일어서지, 뭐. 지금 어디를 가야 한다고?"

"제1구역 성벽을 보수하는 날입니다. 그러니 먼저 모든 장벽의 상태를 점검하는 것이 우선이겠지요."

점입가경이라더니 가면 갈수록 미친 소리는 도를 더해간다.

"참, 살다 보니 별일이 다 있군."

"예? 방금 뭐라고 하셨습니까?"

화수는 고개를 가로저었다. 꿈에 나오는 이 청년이 무슨 죄겠는가? 어제 중세 전쟁 영화를 보고 잔 내가 잘못이지.

"아니, 아무것도 아니야."

자리에서 일어선 화수에게 청년이 두꺼운 모피가 달린 망토를 건넸다.

"오늘은 날씨가 워낙 추워서 평소처럼 나가셨다간 분명 감기 걸리실 겁니다."

묵직한 모피의 느낌이 썩 나쁘지는 않다.

현실에서는 절대로 입어보지 못할 모피코트를 입어보았으니 오늘 꿈은 썩 나쁘지 않은 듯하다.

＊　　　＊　　　＊

아무리 꿈이라지만 적응이 되지 않는 것이 하나 있었다.

"쿨럭! 나, 나리, 이, 이것을……."

언뜻 보아도 오늘내일하는 노인이 아까부터 화수의 시중을 들고 있었던 것이다.

"할아버지, 그러니까 밥은 제가 알아서……."

"쿨럭쿨럭! 집사 클락, 태어나 지금까지 칼리어스를 섬겼습니다요. 이렇게 내치시려는 겁니까?"

"내치다니요? 그 무슨 말도 안 되는……."

"쿨럭! 그, 그럼 좀 드십시오. 자, 이것을……."

말린 시금치를 한참이나 우려낸 국에 보리 몇 알 넣은 죽이라니, 아무리 상거지 같은 화수라도 이런 식탁은 사양이다.

하지만 꿈속의 노인 때문에 억지로 입을 벌렸다.

"아, 알겠습니다. 잘 먹겠습니다."

화수가 식사를 하는 동안 노인은 털이 복슬복슬하게 달린 털신과 목도리를 가져와 화수에게 둘렀다.

"쿨럭쿨럭! 이, 이 정도면 충분히 버티실 수 있을 겁니다."

"…제가 보기엔 어르신이 못 버티실 것 같은데요?"

"무, 무슨 소리입니까? 집사 클락, 아직 팔팔합니다. 여차하면 늦둥이 하나 볼까 하는 참입니다.”

도대체 이 노인은 무슨 생각으로 아까부터 이러는 것일까?

아무리 꿈이라도 마음대로 되지 않는 것이 있는 모양이다.

대충 한입에 국과 죽을 털어 넣은 화수가 자리에서 일어섰다.

“뭐, 하여간 몸조심하십시오. 지금도 입이 살짝 돌아가려고 하지 않습니까?”

추위에 입이 돌아간다는 것, 풍이 있다는 뜻이다.

“집사 클락, 아직 팔팔합니다. 지금 당장 집사람과…….”

망측한 생각이 들었던지 화수가 고개를 가로저었다.

“세상에, 꿈에서 그런 말도 안 되는 장면을 보고 실제로 분출할 수는 없죠. 아무튼 감사합니다.”

오랜 경험으로 미뤄보아 아무리 노인의 사생활이라고는 해도 묵혀두었던 것을 분출하기엔 충분한 상황이다.

화수는 이것이 분명 꿈이라고 생각했다.

＊　　　＊　　　＊

칼바람. 화수는 강원도 전방에서 근무하며 진정한 칼바람이 무엇인지 뼛속 깊숙이 깨달았다고 생각했다.

하지만 그건 그의 착각에 불과했다.

휘이이이이이잉!

“으윽! 거참, 더럽게 춥네!”

망토로 몸을 칭칭 감고 얼굴을 두꺼운 천으로 가려도 도무지 찬바람을 막을 재간이 없었다.

도대체 어느 지방이 이렇게나 춥단 말인가?

더군다나 불편한 다리 때문에 걸음까지 더뎌 고통은 점점 더 깊어져만 간다.

"젠장, 한여름에 이게 무슨 개지랄이야! 보일러를 바꾸든가 해야지!"

아까부터 욕지거리를 내뱉는 화수에게 열 명도 안 되는 기사단이 달려와 인간 장벽을 만들었다.

"영주님께 바람 한 점 들어오지 못하게 하라!"

"예, 단장님!"

"으으!"

"영주님, 조금만 참으십시오. 제1구역에 구멍이 생겨 그런 것이니 곧 괜찮아지실 겁니다."

세상천지 어디에 이런 지독한 추위가 있단 말인가?

'꿈 한번 거지같구먼그래!'

더 이상 입을 열기조차 힘들어 몸을 바짝 웅크리는데, 멀리서 종소리가 들려온다.

땡땡땡땡!

"아이스트롤이다!"

순간, 기사들의 표정이 와락 일그러졌다.

"이런……!"

아무리 눈치 없는 화수라도 지금 그들의 표정이 심상치 않다는 것쯤은 충분히 알 수 있었다.

"뭐야? 무슨 일이야?"

기사단은 그의 말에 대답할 시간도 없다는 듯 검을 뽑아 들었다.

챙!

"영주님을 보호하라!"

척!

"병사들은 전투 준비 태세에 돌입한다!"

"예, 단장님!"

이윽고 젊은 기사단장 벨리안이 화수에게 무릎을 꿇었다.

"영주님, 명령을 내려주십시오!"

"명령?"

"지금 아이스트롤이 장벽을 공격하면 제1구역은 무너지고 말 겁니다! 어서 명령을!"

딱딱하게 굳어버린 화수의 표정을 바라보던 벨리안이 인상을 와락 구긴다.

"영주님, 오늘따라 왜 이러십니까?! 어서 소신에게 명령을 내려주십시오!"

"왜, 왜 이러긴, 꿈이니까……."

"무슨 말씀이십니까?! 제가 내릴 수 있는 명령은 여기까지입니다! 어서 전투를 명해주십시오!"

"글쎄, 이건 꿈이라서……."

"영주님!"

순간, 지진이라도 난 것처럼 사방이 온통 진동하기 시작한다.

쿵! 쿵!

"쿠오오오오오오!"

뭔가 굵고 낮은 괴성, 이것은 분명 사람도 아니고 짐승도 아니었다.

"이, 이게 도대체 무슨……?"

잠시 후, 기사단의 방패 사이로 고개를 내민 화수의 눈앞에 장관이 펼쳐졌다.

약 200m 높이의 얼음 장벽 위에 활을 든 병사들이 활시위를 먹이고 있었고, 방패를 든 보병들이 그들의 앞을 막아서고 있었다.

그런 거대한 얼음 장벽이 정체 모를 괴물에 의해 흔들리고 있는 것 같았다.

쿵쿵!

"영주님! 시간이 없습니다! 어서 명령을!"

"영주님!"

기사단의 재촉에도 정신을 못 차리고 있던 화수의 바로 옆으로 칼바람이 스며들어 온다.

쩌저저적!

거대한 빙벽이 갈라지며 바람이 몰아쳤다.

"단장님! 자, 장벽이!"

"영주님!"

"나, 나는……."

이윽고 화수는 자신의 머리 위로 거대한 얼음 덩어리들이 쏟아져 내리는 광경을 목격했다.

쿠쿠쿵! 콰앙!

"영주님을 보호하라!"

촤라락!

이 육중한 얼음 덩어리를 방패로 막아선다는 것은 어불성설, 주변에 선혈이 낭자한다.

"크허어억!"

"영주님!"

크고 작은 얼음 덩어리를 맞은 기사 네 명이 저 멀리 나가떨어지면서 피가 분수처럼 뿜어져 화수의 얼굴에 닿았다.

턱!

"피, 피……?"

아직까지 체온이 그대로 남아 있는 피. 화수는 이것이 끝까지 꿈이라고 믿어본다.

"젠장! 이건 꿈이야!"

그 상황에서도 벨리안은 화수에게 명령을 요구한다.

"영주님! 어서 공격 명령을……!"

하지만 벨리안의 몸 역시 얼마 지나지 않아 무언가에 맞아 멀리 나가떨어져 버린다.

"쿠오오오오오!"

퍼억!

“크헉!”

“아이스트롤이다! 아이스트롤이 장벽을 뚫고 들어왔다!”

땡땡땡땡!

이를 악문 화수, 그는 장벽의 병사들이 모두 듣도록 외쳤다.

“고, 공격!”

“와아아아아아아!”

명령 체계가 아주 삼엄하게 잡혀 있는 모양인지 병사들이 일사불란하게 움직인다.

핑핑핑!

“크아아아앙!”

잠시 후, 화수는 혼란한 전장 틈바구니에서 웬 후드를 뒤집어쓴 사람을 보았다.

“너는…….”

“훗, 네놈이 북부의 지배자라는 놈이군.”

“뭐?”

“잘 가라, 애송아!”

이윽고 정체불명의 괴한이 손을 휘두르자 화수의 옆으로 바람 소리가 들려온다.

쐐애애애애애앵!

“영주님, 피하십시오!”

순간, 화수는 괴물과 눈이 마주쳤다. 노란색 눈동자는 분명 화수를 노리고 있었고, 거대한 방망이는 그의 몸통을 향하고 있었다.

퍼억!

*   *   *

자꾸 얼굴이 따갑고 몸에 열이 나는 것 같다.

칼바람이 불던 그곳은 어디로 가고 이렇게 몸이 불덩이 같은 것일까?

잠시 후, 화수는 따가운 햇살 때문에 잠에서 깨어났다.

"헉!"

온통 땀으로 젖은 그의 온몸이 꿈이 얼마나 현실 같았는지 잘 말해주고 있었다.

"젠장, 별 더러운 꿈을 다 꾸네."

자리에서 주섬주섬 일어나려던 화수는 순간적으로 척추가 뒤틀리는 느낌을 받았다.

뚜두둑!

"커허억!"

꿈에서 거대한 몽둥이에 얻어맞아 생긴 상처가 아직 아물지 않은 것일까?

하지만 그건 말도 안 되는 일이었다.

분명 그것은 꿈이었기 때문이다.

"허억! 허억!"

가쁘게 숨을 내쉬던 화수가 한 움큼 피를 게워낸다.

"우웨엑!"

바닥에 내장 조각으로 보이는 것과 혈액이 흘러 다닌다.

화수는 지금 이 상황을 눈으로 보고도 믿을 수 없었다.

"씨발! 이게 무슨 개 같은 경우야?!"

만약 이것 또한 꿈이라면 도대체 뭐가 현실이고 뭐가 꿈이라는 소리인가?

가까스로 자리에서 일어난 화수가 피투성이가 된 바닥을 치우는데, 저 멀리 책 한 권이 보인다.

그리고 순간 화수는 자신도 모르게 책 제목을 읊조렸다.

"평행이론……."

만약, 아주 만약 화수가 꾸었던 꿈이 현실이라면 이 모든 것은 말이 된다.

낡았지만 화수의 얼굴이 정확하게 비춰지던 거울 속 모습은 분명 화수였고 다리 또한 절뚝거리고 있었다.

화수는 재빨리 책을 펼쳤다.

…확률이란 무한하다. 예를 들자면, 주사위를 굴려서 7이 30만 번 나올 확률도 존재한다. 반대로 위의 확률을 뒤집어 그렇지 않을 확률까지 존재한다. 그렇게 생각하면 확률이란 얼마나 무한한 의미인가? 필자가 주장하는 평행이론 또한 이와 같다. 그리고 아인슈타인이라는 천재로 인하여 평행 세계의 가설 또한 완벽하게 갖추어졌다. 지금 이 우주의 모습이 가지고 있는 원자의 분자 배열이 또 다른 당신을 만들어낼 수도 있다. 필자는……

예로부터 많은 학자가 평행우주이론은 말도 안 되는 소리라고 주장해 왔지만, 최근 들어 이것이 가능하다는 주장을 펼치는 학자들이 많아졌다.

그렇다는 것은 화수가 꿈을 꾸는 동안 세계선을 왔다 갔다 하는 것도 절대로 불가능하지는 않다는 소리다.

내장이 모두 터져 죽을 뻔한 화수는 이것이 모두 꿈이 아니었다는 사실을 깨달았다.

하지만 문제는 그곳에서나 이곳에서나 가난한 것은 매한가지라는 것이다.

"이것 참……."

웨에에에엥.

날파리가 날아다니고 온갖 잡다한 음식물 쓰레기가 내뿜는 냄새 때문에 도저히 숨을 쉴 수 없을 지경이다.

"어쨌거나 현실은 시궁창이라는 건가?"

고개를 가로저은 화수가 수도꼭지에 입을 가져다 댔다.

꿀꺽꿀꺽!

그나마 주인집과 수도세를 함께 내는 통에 물이라도 끊어지지 않아 다행이다.

방금 전의 각혈로 물을 넘기는 것조차 힘들지만 살기 위해 억지로 참아냈다.

"쿨럭쿨럭!"

가까스로 물을 넘기고 나니 잠시 잊고 있던 사람이 찾아왔다.

쿵쿵쿵!

"어이, 총각!"

주인집 노파가 화수에게 방세를 재촉하기 위해 찾아온 모양이다.

"총각! 안에 있는 것 다 알아! 그러니 문 열어!"

"여기나 저기나 돈 달라는 사람뿐이군."

이젠 돈 얘기라면 신물이 날 지경이다. 일단 방 안에서 버티면 며칠은 벌 수 있을 것이다.

이윽고 화수와의 대화를 포기한 집주인 할머니가 한마디를 남기고 돌아선다.

"이번 달 방세 까고 나면 보증금이 하나도 남지 않았다는 것을 잊지 말라고!"

이제야 한숨 돌린 화수가 방구석에 쪼그려 앉는다.

"후우! 세상 참 살기 힘들군."

화수는 자신의 주머니에 남은 돈이 얼마나 되는지 확인해 보았다.

지갑에 남아 있는 돈은 이천 원, 그리고 통장의 잔고를 조회해 보니 천오백 원이다.

이렇게 된 김에 과연 지금 그가 평행 세계와의 소통이 가능한 것인지 다시 한 번 확인해 보기로 했다.

자리에서 일어선 화수는 동네 어귀 슈퍼마켓으로 소주를 사러 발걸음을 옮겼다.

어찌 되었건 지금 이 상태로는 잠에 들 수 없을 것 같았기 때문이다.

                    *   *   *

“…님!”

아득한 정신 너머로 누군가 화수를 흔들어 깨우는 느낌이 든다.

이윽고, 화수가 눈을 번쩍 떴다.

“허억허억!”

차가운 바람이 몰아치는 골방, 확실히 잠을 자고 일어나면 평행 세계선에 도달하는 모양이다.

그렇다면 깨어 있는 동안은 이곳에, 잠을 자면 저곳에서 눈을 뜬다는 소리다.

아직까지 온전하게 회복되지 않은 몸이 비명을 지른다.

“으윽!”

잠시 후, 신음하는 화수에게로 목발을 짚은 벨리안이 달려왔다.

“영, 영주님!”

벨리안은 화수의 앞에 고개를 숙인 채 말했다.

“당신이… 나를 살려낸……?”

화수의 물음에 벨리안이 고개를 가로저었다.

“아이스트롤의 몽둥이에 맞아 온몸의 뼈가 다 부러지셨습니다. 저의 능력으로는 절대로 불가능했습니다. 북부신전 주교님께서 찾아오시지 않았다면 지금쯤 영주님은 이 세상 사람.

이 아닐 겁니다."

"주교님?"

"곧 대공의 기일이 아닙니까? 우리 영지에서는 기일을 챙길 여력이 되지 않을 거라고 특별히 신경을 써주신 모양입니다. 아마 조금만 더 누워 계신다면 온전히 몸을 움직이실 수 있을 겁니다."

아무래도 주교라는 사람과 대공은 친분이 있었던 모양이다.

하지만 그것은 화수에게 있어서는 머나먼 이야기에 불과했다.

"…아무튼 응급처치는 다했다는 거군."

화수의 혼잣말에 벨리안이 알아서 답한다.

"예, 그렇습니다. 일단 위험한 고비는 넘겼다고 들었습니다."

불행 중 다행이라고나 할까? 심각한 부상을 입고 병원에 입원하면 보험도 없는 화수로서는 아예 답도 없었을 것이다.

이윽고 벨리안이 화수를 보며 환하게 웃는다.

"다행입니다! 정말 다행입니다!"

벨리안이 환희에 차서 소리를 질러대는데 흰색 후드를 뒤집어쓴 사내가 황급히 달려왔다.

"자작님, 정신이 좀 드십니까?"

나이가 지긋한 그에게 화수는 딱딱하게 답했다.

"아, 예. 뭐……."

"제가 누구인지 알아보시겠습니까?"

어색한 표정의 화수가 대답을 망설이자 주교의 표정이 일그
러진다.

주교는 화수의 얼굴을 이리저리 둘러보며 물었다.

"이곳은 어디고 여기 있는 벨리안은 누구인지 아시겠습니
까?"

"그게 그러니까……."

벨리안이 고개를 갸웃거린다.

"여, 영주님, 가신들의 얼굴도 못 알아보시는 겁니까?"

"으음, 그게……."

순간, 주변의 분위기가 사뭇 이상하게 돌아간다.

"주, 영주님, 왜 이러십니까? 제 아버지는 대공과 함께 정복
전쟁에서 일등공신으로 치하받은 사람 아닙니까? 게다가 대공
과는 둘도 없는 친구 사이였습니다. 설마하니 그것을 기억 못
하시는 것은 아니겠지요?"

"미안합니다만, 저는 그런 기억이 남아 있지 않은 것 같군요."

"영주님!"

"쿨럭쿨럭! 꼬르르륵."

"크, 클락!"

눈이 휘둥그레진 벨리안이 털썩 주저앉았고, 집사 클락은
기절을 하고 말았다.

삽시간에 난리가 난 골방의 분위기에 화수가 얼떨떨한 표정
을 지었다.

"이 도대체 무슨……."

이윽고 주교라는 사람은 서둘러 화수의 이마에 손을 가져다 댔다.

"주신이여, 저에게 힘을!"

화아아악!

그의 손에서 흰색 빛 무리가 뿜어져 나와 화수의 이마에 달라붙더니 온몸 구석구석을 헤집고 다닌다.

그리고 잠시 후 화수의 눈이 번쩍 뜨인다.

"허억!"

순간, 화수의 뇌리에 마치 파편처럼 기억이 속속 떠오르기 시작한다.

이제까지 그가 살아온 인생과는 전혀 무관하지만, 그것은 분명히 또 다른 화수 자신이었던 것이다.

평행 세계선의 또 다른 화수의 기억이 그의 머리에 자리 잡기 시작한 것이다.

그리고 잠시 후, 화수의 기억은 빠르게 재구성되어 동시에 두 개의 기억을 갖게 되었다.

그는 칼리어스의 영주 아론 벨런티아이면서 강화수가 된 것이다.

주교가 화수를 바라보며 물었다.

"영주님, 이제 좀 정신이 드십니까?"

이제야 주교를 제대로 알아본 화수는 조용히 고개를 끄덕였다.

"…제가 트롤에게 공격을 당해서 정신이 좀 이상해졌던 것 같습니다.”

이윽고 주변에서 감탄사가 울려 퍼진다.

“오오! 기적이다! 영주님이 되살아나셨다! 멀쩡히 되살아나셨어!”

다소 경직된 화수의 얼굴. 그는 그제야 이것에 꿈이 아니라는 것을 확실히 깨달았다.

깊은 잠재의식 속에서 그저 잊고 있었을 뿐, 그는 칼리어스의 영주 아론이었던 것이다.

THE LORD OF FANTASY
2장
영주로서, 그리고 백수로서

　제대로 된 기억을 가졌으니 이제부터는 이중생활을 시작해야 한다.

　화수, 아니, 아론은 자신이 기절한 동안 영지에 어떤 변화가 있었는지 알아보았다.

　클락과 벨리안에게 현재 영지의 자산과 상황에 대한 보고서를 요구했고, 그것을 완성하는 데 세 시간이 채 걸리지 않았다.

　두루마리를 내민 벨리안에게 화수가 물었다.

　"무슨 보고서가 이렇게 일찍 완성되는 거야?"

　"창고에 남은 물건은 눈대중으로도 셀 수 있고, 자금력이야 거의 바닥이니 사람 수만 헤아리면 그만 아닙니까?"

　"하긴……."

원래 아론이 다스리고 있는 영지 칼리어스는 제국의 국경수비대가 주둔하며 몬스터의 남하를 막아오던 곳이었다.

이때까지만 해도 국경수비대와 보부상들로 인해 칼리어스는 꽤나 풍족한 재정을 가지고 있었다.

하지만 몬스터들의 남하가 점점 더 심해지자 제국은 마법사들과 드워프 장인들을 고용하여 두께 200미터의 거대한 얼음 장벽을 만들게 되었다.

덕분에 몬스터들의 침입을 막아내는 데 좀 더 수월하게 되었고, 칼리어스는 점점 잊혀갔다.

그렇게 300년, 황폐해질 대로 황폐해진 칼리어스는 권력 다툼에서 밀려난 정치가들의 무덤으로 전락해 버렸다.

정치 싸움에서 밀려난 몰락 귀족들은 모두 이곳에서 부역을 짊어지거나 몬스터들과의 싸움에서 목숨을 잃어갔다.

물론 그들의 가신들과 혈족 역시 마찬가지였다.

이런 칼리어스가 자작의 작위를 가진 벨런티아 가문에게 하사된 계기는 상당히 깊은 사연이 있다.

아론은 고개를 들어 선대 영주인 자신의 아버지 랭턴 공작의 초상화를 바라보았다.

제국의 제1검공이었으며 황도군 총사령관이었던 랭턴 벨런티아는 에시리아 공국을 하사받아 제국의 중추 세력이었다.

38대 황제 알테인은 자신이 죽기 전까지 수많은 땅을 정복했는데, 그 일등공신이 바로 랭턴 공작이었다.

그는 황도군 수장으로서 대륙의 전역을 누비며 무려 절반에 이르는 영토를 제국의 것으로 만들었다.

하지만 그 눈부셨던 영화는 그리 오래가지 못했다.

황도군 수장이었던 랭턴은 아이엔 왕국을 병탄하는 과정에서 영토의 절반을 남긴 채 회군했고, 당시 황태자였던 칼번은 그것을 반역에 준하는 항명이라 몰아붙였다.

랭턴은 그것을 주변국들의 반란을 잠재우기 위한 방편이라 항변했으나, 이미 문신들의 세력을 등에 업은 황태자를 이길 수는 없었다.

결국 랭턴은 일등공신임을 감안하여 작위를 네 단계가 깎이는 것으로 죄를 묻게 되었다.

분명 그것은 칼번이 정권을 잡아 자신만의 제국을 만들기 위해 꾸민 정치 공작이었음이 분명했다.

그리고 황태자 칼번이 39대 황제에 오른 후, 랭턴은 제국에서 변사체로 발견되었다.

당시 아버지의 시신을 받은 아론은 그날 비가 왔던 것으로 기억한다.

그래서 아론은 아직도 비를 싫어한다.

옛 생각이 떠올라 아론이 이를 악물었다.

"아버지가 돌아가시지만 않았어도……."

이런 생각을 하는 사람은 아론뿐만이 아니었다.

"생각하면 안 되는 줄 압니다만, 각하께서 살아 계셨다면 우리가 이렇게 황폐한 곳에서 생고생할 이유도 없겠지요."

찬란했던 벨런티아 가문은 권력 다툼의 여파로 인해 인구

삼천 명의 황폐한 얼음 감옥에서 귀양살이를 하는 처지가 되어버린 것이다.

어찌 되었건 아론이 화수로 지내면서 영지가 바뀐 것은 없었다.

아니, 애초에 바뀔 수 없는 척박한 곳이니 조사를 하는 것 자체가 어불성설인지도 모른다.

잠시 후, 집사 클락이 여기저기 금이 간 영주 집무실 문을 열고 들어왔다.

"쿨럭쿨럭!"

"클락, 집에 들어가서 쉬라니까 왜 자꾸 무리하는 거야?"

"지, 집사 클락, 아직 멀쩡합니다. 거듭 말씀드리지 않았습니까?"

올해로 100세가 된 클락은 당장 자연사로 숨을 거두어도 전혀 이상하지 않은 노인이다.

하지만 벌써 4대째 칼리어스의 영주 벨런티아 가문을 섬겨 왔다는 이유로 휴식을 취하지 않고 있었다.

제대로 진단을 받아보지는 못했지만 계속해서 저렇게 마른 기침을 하는 것으로 보아 폐렴이 있는 것이 분명했다.

게다가 걸어 다닐 때마다 무릎에서 소리가 나는 것은 퇴행성관절염의 가장 큰 특징이다.

의학적 지식이 깊지 않은 아론이 보기에도 하루하루가 위태로워 보였던 것이다.

아론은 벌써 5년째 그의 은퇴를 권고하고 있지만 그는 한사

코 거절하기 일쑤였다.

"그래, 알겠어. 클락을 누가 말리겠어."

"클클클, 제가 아니면 누가 영주님을 모시겠습니까?"

"하긴, 그건 그렇지."

실제로 영주성에는 집사 말고는 딱히 아론을 보필할 인원도 없다.

"그나저나 최근 들어 아이스트롤 같은 대형 몬스터가 자주 출몰하는 것 같군."

아론의 걱정스러운 말에 벨리안이 공감한다는 듯 답했다.

"그러게 말입니다. 지금까지의 몬스터들 성향으로 미뤄보아 대형 몬스터의 등장은 끽해야 두 달에 한 번 있을까 말까 했는데 말이죠."

"이건… 이상 징후임이 틀림없어."

"그건 저도 동의하는 바입니다만, 몬스터가 떼를 지어 매일 몰려드는 것도 원래는 이상 징후가 아닙니까?"

"하긴, 그건 그렇지."

아론은 얼마 전 자신이 기절하기 전에 보았던 사내의 얼굴을 떠올려 보았다.

"벨리안, 자네도 보았을지 모르겠군. 그 후드를 뒤집어쓴 청년 말이야."

"청년이요? 우리 군 궁수들은 전부 후드를 달고 다니지 않습니까?"

"아니, 칼리어스의 양식이 아니었어. 생전 처음 보는 양식의 옷을 입고 있더군."

"흐음."

"그리고 그 자식이 아이스트롤을 조종하는 것 같았어."

벨리안은 고개를 가로저었다.

"설마요. 몬스터를 조종한다는 것은 있을 수 없는 일 아닙니까? 죽었다는 고룡 칼루나가 살아 돌아온다면 모를까."

아론은 작게 고개를 끄덕였다.

"그렇겠지?"

"아마 영주님께서 머리를 다치시는 바람에 기억이 엉켜 버린 것 아닙니까?"

아직 정확한 것은 아무도 알 수가 없다.

아론은 그 의문에 청년을 잊기로 했다.

똑똑.

"영주님, 베일리입니다."

"들어오게."

클락의 증손녀이며 이곳의 유일한 시녀 베일리가 문을 열고 들어왔다.

그녀는 아마 클락이 죽고 나면 이곳에서 일하는 유일한 사람이 될 것이다.

고개를 숙인 그녀가 말했다.

"영주님, 지금 에리시아에서 공녀께서 도착하셨습니다."

순간, 아론의 미간이 와락 찌푸려진다.

"크리스틴이?"

“얼마 전 사고를 당하셨다고 병문안을 왔답니다.”

“뭐? 벌써 소식을 들었단 말이야?”

벨리안이 고개를 가로저었다.

“아닙니다. 아마도 중간에 들으셨겠지요. 공녀님께서 미리 파발을 띄우셨기에 제가 알렸습니다.”

“그렇다는 것은 뭔가 또 다른 목적이 있단 말인가?”

“자세한 것은 저도 잘 모르겠습니다.”

아론이 자리에서 일어나 창문 너머로 고개를 돌리자, 백금 발의 미녀가 도도한 표정으로 마차에서 내리고 있다.

“젠장…….”

아론의 가문이 몰락하고 난 후 제1황태자의 측근이었던 시리스 후작이 공작으로 승급하면서 에리시아를 하사받게 되었다.

정치에는 크게 관여하지 않았던 랭턴에게도 분명 정적은 있었다.

무신들의 대부가 검공 랭턴이었다면 문신들의 대부는 바로 시리스였다.

알테인이 정복군주로서 대외적인 병탄을 행하고 다닐 때 내실을 다진 것은 바로 문신들이었는데, 애석하게도 황제는 이들의 노고는 크게 치하하지 않았던 것이다.

자동적으로 무신들의 힘은 강성해지는데, 문신들의 힘은 점점 약해져만 갔다.

상황이 이러하니 두 세력의 수장인 두 사람의 관계가 매끄러울 리가 없었다.

그런 두 사람의 악연은 종국에는 랭턴을 죽음으로 몰아넣는 데 시리스가 일등공신이 되도록 만들었다.

랭턴이 항명 혐의를 뒤집어썼을 때 그의 죄목을 신랄하게 비판하고 증거까지 제시하며 벨런티아 가문을 궁지로 몰아넣은 사람이 바로 시리스였던 것이다.

제아무리 대공 랭턴이었다고 해도 황태자와 문신들을 모두 상대하기엔 버거웠던 것이다.

이토록 앙숙인 두 집안, 하지만 황제 칼번은 아론과 시리스 공작의 딸 크리스틴을 맺어줌으로써 황정 기사단에 남아 있는 랭턴 추종자들의 충성을 받을 심산이었던 것이다.

시리스 역시 칼번의 의도를 너무나 잘 알고 있었고, 황도군의 결속력을 다지는 일에 아론을 이용하기로 한 것이다.

겉으로 본다면 시리스가 뼈대 있는 아론의 가문과 사돈을 맺어 문무의 조화를 이룬다는 취지의 정략혼이었다.

하나, 힘이 없는 아론의 입장에서는 원수의 집안과 혼약을 맺는 잔인한 일이었다.

"…힘이 없는 내가 죄지."

씁쓸한 표정의 벨리안에게 화수가 말했다.

"일단 그녀를 만나러 내려가도록 하지."

"예, 알겠습니다."

아론은 불편한 몸을 이끌고 영접실로 향했다.

*   *   *

　분홍색 드레스에 흰색 양산을 쓰고 있는 아름다운 여인, 하지만 어쩐지 아론은 인상을 찡그린 것인지 웃는 것인지 모를 애매한 표정을 짓고 있었다.

　"오랜만이군요. 이 누추한 곳까진 어쩐 일이십니까?"

　마차 앞에 선 아론이 살짝 고개를 숙이자, 그녀는 대충 손짓으로 답했다.

　"나라고 이 먼 거리를 달려오고 싶었겠어요? 황도에서부터 전령이 도착했어요. 그 때문에 온 것이죠. 그건 그렇고, 많이 다쳤다면서요?"

　"보시다시피 이젠 멀쩡합니다."

　"그러게 멍청하게 몬스터에게 습격은 당하고 그래요?"

　꼭 아론이 자신의 하인이라도 된다는 듯한 태도다.

　"…거참, 미안하게 되었습니다."

　그녀는 귀찮다는 듯 손을 내저었다.

　"됐어요. 차라리 죽었으면 좋았을 텐데 조금 아쉽긴 하네요."

　"……."

　"하긴, 당신 같은 추남이 죽는다고 누가 신경이나 쓰겠어요?"

　사실 말이 정혼자이지 그녀와 아론 사이에는 애정이라곤 손톱만큼도 없다.

　아주 만약의 일이지만 아론이 지금과 같이 뚱뚱보에 추남이 아니었다면 그녀의 태도는 상당히 많이 바뀌었을지도 모른다.

　제국에서도 유명할 정도로 추남인 그에게 크리스틴이 호의적일 리 없었다.

　그나마도 아론의 아버지가 대공이 아니었다면 지금 이런 혼사를 치르지도 않았을지 모른다.

　루멘트 제국에는 데릴사위를 들일 때 자신의 집안보다 한 단계나 두 단계 아래의 집안을 고르는 풍습이 있었다.

　무려 전 검공의 가문을 한두 단계 아래로 놓는다는 것은 크리스틴에게는 엄청난 메리트였던 것이다.

　아마 그런 이유가 아니었다면 크리스틴은 아론을 쳐다보지도 않았을 것이 뻔하다.

　도도한 표정의 그녀가 아론을 내려다보며 물었다.

　"그나저나 제국에서 세율을 높인 것은 알고 있나요?"

　"세율이라니요?"

　"요즘 전운이 감돌고 있는 터라 폐하께서 직접 세율을 높였다고 들었어요. 아직 이곳에는 소식이 닿지 않은 모양이군요."

　아무래도 그녀가 온 목적은 병탄에 대한 소식을 전하기 위함인 듯했다.

　가끔 크리스틴은 공국의 유일한 장녀로 시리스를 대신해 공문을 전달하기도 했다.

　아마 그녀는 이번에도 시리스를 대신해 칼리어스를 찾았을 것이다.

그녀의 말을 들은 아론이 고개를 갸웃거렸다.

"칼리어스에서 세금이라니요, 저희와는 상관이 없는 일입니다."

"어째서 그렇죠? 이곳도 분명 황제 폐하의 영지인데요."

"아시지 않습니까? 대대로 내려오는 칼리어스의 궁핍함을."

순간, 그녀가 미간을 찌푸렸다.

"그래서 지금 세금을 못 내겠다는 건가요?"

"못 내겠다는 것이 아니라 제도적으로 우리 칼리어스는 세금 부역에 대한 면제권을 가지고 있다는 말을 하는 겁니다. 그건 선대 황제께서도 승인하셨던 일이고, 당대 황제 폐하께서도 승인을 하신 일입니다."

칼리어스는 지금까지 재화 생산에 대한 세금을 면제 받고 있었다.

이것은 그나마 칼리어스가 굶어 죽지 않고 버틸 수 있는 최후의 보루로써 제국이 복지정책을 펼친 것이다.

그녀는 슬쩍 미소를 지으며 마차 구석 어디선가 금색 두루마리를 꺼냈다.

시리스의 전령인 줄 알았더니 황도에서 직접 온 모양이다.

순간, 아론은 불안한 무언가를 직감했다.

이윽고 그 불안은 현실이 되었다.

"황명이다. 무릎을 꿇으라."

"설마……."

그녀는 아무렇지도 않게 어깨를 으쓱거린다.

"황궁회의에서 칼리어스의 부역에 대해 심도 깊게 논의하셨다고 하더군요. 그 결과 제가 사절단으로 파견되었고요."

크리스틴은 손가락으로 땅바닥을 가리키며 말했다.

"뭐하나요, 황제 폐하의 칙서 앞에 무릎을 꿇지 않고?"

아론은 어쩔 수 없이 무릎을 꿇었다.

"황은이… 망극하여이다."

이윽고 그녀는 신이 나서 두루마리의 내용을 읽어 내려갔다.

"칼리어스의 영주 아론 벨런티아는 들으라. 현재 우리 제국은 아이엔 왕국과의 끝도 없는 마찰을 끝내기 위해 마침내 협상이 아닌 병탄하기로 황궁회의에서 결정하였다. 이에 그대의 가문에 부역과 병역의 의무를 부과하기로 결정했노라. 그대는 칼리어스의 영주로서, 또한 루멘트 제국의 귀족으로서 아래와 같은 사항을 기쁘게 받아들이리라 믿어 의심치 않는다."

그녀는 두루마리를 하나 더 꺼내어 내용을 읊어갔다.

"부과되는 내용은 위와 같다. 금화 20만 골드, 쌀 1만 석, 그리고 병력 3천과 영주의 참전이다."

순간, 아론이 두 눈을 번쩍 뜨며 소리쳤다.

"자, 잠깐! 그게 지금 우리 영지에 가당키나 한 조건입니까?!"

그녀는 아랑곳하지 않고 낭독을 계속했다.

"이상, 위와 같은 사항을 아래의 기한까지 납부하라. 현재 루멘트 황력 198년, 199년 봄까지 징집을 완료하고 세금 납부를 완료하기 바란다.”

그야말로 청천벽력과도 같은 소리가 아닌가?

칼리어스의 씨를 말려 벨런티아를 멸문지화시켜 버리겠다는 의도가 아니라면 이렇게까지 악독하게 부역을 짊어지게 할 필요는 없었다.

분명 시리스 공작이 아론을 궁지로 몰아넣으려 함이 틀림없었다.

눈엣가시 같은 아론이 사라진다면 공국의 민심이 온전히 시리스를 향할 것이고, 황도군 기사들 역시 랭턴의 그림자를 잊게 될 것이 분명했다.

여러모로 아론은 숙청을 당할 수밖에 없는 인물이었던 것이다.

두루마리를 접은 그녀가 아론에게 그것을 내밀며 말했다.

“두 손으로 경건하게 받으세요.”

“…….”

“아참, 그리고 내년 여름에는 전쟁이 끝날 전망이라고 하니 그때 맞춰서 식을 진행하기로 하죠. 이건 우리 집안에서 결정한 사안이기도 하니 그렇게 알고 있어요.”

할 말을 잃은 아론을 뒤로하고 그녀가 웃음을 뿌리며 돌아섰다.

“오늘따라 날씨가 아주 화창하네.”

무릎을 꿇은 채 아론은 입술을 짓깨물었다. 그리고 굳게 다

짐했다.

"언젠가 네 연놈들을 쳐죽이는 날이 분명 올 것이다!"

그녀가 사라지고 난 후, 아론은 그 자리에서 흙먼지가 가라 앉을 때까지 우두커니 앉아 있었다.

＊　　＊　　＊

매앰매앰!

뜬눈으로 밤을 지새웠더니 원촌동에는 어느새 어슴푸레 땅거미가 지고 있었다.

"늦잠을 잔 모양이네."

딱히 할 것도 없긴 하지만, 소일거리라도 하자면 아침 일찍 일어나는 것은 기본이다.

걱정은 두 배, 능력은 없으니 잠이 올 리가 없었던 것이다.

"후우, 그나저나 큰일이군. 어떻게 빚을 탕감한대?"

아무리 머리를 짜내봐야 답이 나오지 않는다.

꼬르륵!

화수의 배꼽시계가 염치도 없이 울어댄다.

"젠장, 하여간 밥때 하나는 아주 기가 막히게 맞는다니까."

잘 돌아가지도 않는 냉장고를 뒤적거리던 화수의 주머니에서 진동이 느껴진다.

지이이잉!

간신히 받는 것만 가능하게 되어 있는 핸드폰에 아주 오랜만에 전화가 온 것이다.

[정세진.]

"이 새끼는 또 왜 전화야?"

중학교 동창인 세진은 화수와 별반 다를 것 없는 백수로 허세 하나로 먹고사는 놈이다.

인형의 눈알을 붙인다든지 큐빅 반지를 만드는 소일거리로 번 돈을 주말 동안 나이트클럽에서 모두 쏟아붓는 한심한 종자다.

하지만 단 하나, 반반한 얼굴과 미끈한 몸은 봐줄 만하다고 할 수 있다.

화수는 다소 퉁명스럽게 전화를 받았다.

"뭐야?"

—이 새끼, 뭐긴 뭐야? 왜 이렇게 까칠해?

"배고파서 그래, 배고파서."

—큭큭큭! 형이 밥 좀 가져다줄까?

그는 재빨리 고개를 끄덕였다.

"응!"

—없어, 이 새끼야. 내가 밥이 어디 있어?

"그런데 이 씨부랄 새끼가!"

—큭큭!

이젠 이런 낚시질에도 잔뼈가 굵었다.

중학교 때부터 지금까지 세진은 항상 이런 식으로 화수의 곁에 있었다.

아마 그가 아니었다면 진즉 목을 매달았을지도 모른다.

이윽고 화수의 전화기에 문자 메시지가 도착한다.

[042—875—****]

—문자 받았지?

"이게 뭐냐?"

—뭐긴 일자리지. 찾아가서 소일거리라도 받아와. 그래야 밥이라도 먹을 것 아니야.

어쩐 일인가 했더니 아르바이트 자리를 소개해 주려는 모양이다.

"하지만 나는……."

—괜찮아, 새끼야. 이 사람은 다리가 불편하고 말고는 따지지 않으니까.

한참을 고민하던 화수가 일거리를 수락했다.

"나중에 새우깡에 소주 한 병 살게."

—큭큭, 알겠다.

전화를 끊은 화수가 지하철 1호선 현충원역으로 향했다.

＊　　　＊　　　＊

간신히 잔돈을 다 털어 도착한 곳은 한 허름한 창고였다.

"자네가 오늘 아르바이트하기로 한 청년인가?"

"예, 사장님! 강화수라고 합니다!"

"패기 한번 좋군. 나는 자네 같은 사람을 좋아해."

슬쩍 미소를 지은 화수가 고개를 숙인다.

"감사합니다!"

"감사는 무슨, 일단 이리 오게."

사장은 화수에게 형형색색의 큐빅이 든 박스 몇 개와 사진 한 장을 건넸다.

사진을 보니 동네 슈퍼에 있는 뽑기에 들어가는 반지를 만드는 모양이다.

"사진 보이지? 이대로 작업하면 돼. 여기서 작업해도 상관은 없지만, 어지간하면 집에서 하는 편이 좋을 거야. 보다시피 여기 공기가 워낙 더러워서 말이지."

"그럼 작업은 집에서 하겠습니다."

"그래, 그럼 그렇게 하자고."

"알겠습니다. 그럼 오늘은 이곳에서 일을 좀 배우고 밤에는 집에서 하겠습니다."

사장은 화수에게 큐빅을 반지에 붙이는 법을 설명해 주었다.

"이 플라스틱 반지의 홈에 본드를 조금 바른 다음 큐빅을 넣고 마무리하면 끝이야. 어때? 간단하지?"

"확실히 그렇군요."

"그럼 오늘부터 집에서 작업하는 걸로?"

"알겠습니다."

오랜만에 일거리를 받고 나니 흥이 절로 나는 것 같다.

집으로 돌아온 화수는 한 박스나 되는 물량을 밤새도록 붙였다.

*　　　*　　　*

휘이이잉!

다시 찬바람이 불어온다.

"으윽! 허리야!"

트롤의 무식한 몽둥이에 얻어맞은 다음 날부터는 바람이 불기만 해도 뼈가 시려오는 것을 느낀다.

어제 작업을 하느라 피곤하긴 했지만 그것은 화수의 몸이고 아론은 역시 멀쩡해 보인다.

"지겹군. 여기서도 고군분투라니."

아론은 고개를 가로저었다.

이윽고 집사보다 먼저 일어난 아론이 세수를 하려는데 뭔가 주머니에 묵직한 것이 느껴진다.

"으음?"

주머니를 뒤적거려 본 아론은 소스라치게 놀라고 말았다.

"큐, 큐빅?!"

분명 어젯밤 작업을 하고 잠들었던 바로 그 물건이다.

"해, 핸드폰!"

어쩌면 이것이 기회인지도 모른다는 생각에 재빨리 주머니를 뒤적거려 보았다.

하지만 습관처럼 주머니에 넣고 다니던 핸드폰은 이미 산산

조각이 나 있었다.

그리고 추리닝 뒷주머니에 넣어두었던 TV 리모컨 또한 엉망진창이 되어 있다.

"이건 또 왜 이래?"

오로지 전자기기만 박살이 나 있고 밤새도록 작업하던 형형색색의 큐빅은 그대로 있었다.

"후우! 이거야 원……."

뭐가 어떻게 된 것인지 분간을 할 수 없을 지경이다.

잠시 후, 클락의 익숙한 기침 소리가 들려온다.

"쿨럭쿨럭! 영주님, 기침하실 시간입니다!"

"이미 일어났어, 클락."

"그, 그러십니까?"

평소보다 일찍 아론을 깨우러 온 클락에게 그가 물었다.

"그런데 오늘은 왜 이렇게 일찍 나를 깨운 거지?"

"쿨럭! 잊으셨습니까? 오늘은 보부상연합이 물건을 사러 오는 날 아닙니까? 동물 가죽이라도 팔려면 일찍 일어나야 한다고 영주님께서 신신당부하시지 않았습니까?"

1년에 한 번 동물의 모피나 물고기 포를 사러 보부상들이 영지에 들르는 날이 바로 오늘이다.

만약 보부상들이 아니라면 영지는 지금쯤 밀가루 한 톨도 없이 굶어 죽었을지도 모른다.

"아참, 그랬지."

아론이 털신을 신고 일어서려던 바로 그때였다.

"자, 잠깐!"
"쿨럭쿨럭! 왜 그러십니까?"
"보부상이 보석도 취급하나?"
"쿨럭! 무, 물론이지요. 보부상들이 오히려 제도의 장사치들
보다 값을 더 후하게 쳐준다지요."
아론은 무릎을 쳤다.
"바, 바로 이거야!"
"쿨럭?!"
자리에서 일어선 아론이 문을 열며 말했다.
"오늘은 고기 좀 뜯자고."
"예?"
클락은 고개를 갸웃거릴 뿐이었다.

*   *   *

보부상연합과 마주 앉은 아론이 비닐봉지에 둘둘 말린 주먹
만 한 물건을 꺼내어 탁자 위에 올려놓았다.
대단한 물건을 가지고 있다고 하니 연합총무까지 불러들인
것인지 고개를 갸웃거린다.
"이게 뭐하는 물건입니까?"
아론은 물건에 손을 대려는 그들에게 호통을 친다.
"어허! 이게 무슨 물건인지 알고나 그러는 건가!"
"죄, 죄송합니다, 나리."

평소 같으면 밀이라도 한 톨 더 달라고 조르던 어린 영주의 모습은 온데간데없고 오늘은 꼭 피도 눈물도 없는 장사치를 보는 듯하다.

이윽고 아론이 주먹만 한 봉지에서 손가락만 한 봉지를 꺼내어 탁자 위에 올려놓았다.

그러자 보부상들의 눈이 휘둥그레진다.

"이, 이것은……!"

"들어나 보았는가? 블랙다이아몬드일세."

대륙 전역을 떠돌아다니는 보부상들이 보석을 감정하지 못할 리가 없다.

하지만 이것은 루야나드에는 없는 종류의 보석이다.

큐빅의 강도는 생각보다 단단하고, 만약 이것을 제대로 가공하기만 한다면 보석과 함께 놓아도 겉으로 구분하기가 매우 힘들다.

더군다나 현대의 세공 기술은 루야나드의 입장에서는 상상조차 할 수 없는 경지이니 그들이 깜빡 속아 넘어가는 것은 당연한 일이었다.

"말로만 들어보았겠지. 블랙다이아몬드는 다이아몬드가 결정체를 이루지 못하고 무려 천 년 동안이나 잠들어 있다 생겨나는 보석일세."

루야나드에는 있다는 소문만 있지 그 실체를 확인하지 못한 물건이 몇 가지 있었다.

그 첫 번째는 해저 깊숙한 곳에 서식하는 초대형 몬스터 자이언트 웨일의 뱃속에서만 자란다는 전설의 광물 오리하루콘이다.

두 번째는 고대 드래곤의 시신이 만들어낸 드래곤 하트로, 그것은 스스로 특유의 에너지와 마나를 뿜어낸다고 알려져 있다.

그리고 마지막은 바로 아론이 들고 있는 블랙다이아몬드였다.

블랙다이아몬드에 대해서는 정확하게 알려진 바가 거의 없었다.

본 사람도 없고 이것이 정말로 존재하는지에 대해 아는 사람도 없기 때문이다.

하지만 그 존재에 대한 것이 문헌에 남아 있어 지금까지 모험가들이 블랙다이아몬드 광산을 찾아 평생을 바치곤 한다.

큐빅이 만들어내는 투영도, 그리고 강도, 광택까지.

보부상들은 자리를 박차고 일어날 정도로 흥분했다.

"도, 도대체 이것들을 어떻게 구하셨습니까?!"

"후후, 궁금한가?"

"예!"

아론은 그들에게 목소리를 낮게 깔아 말했다.

"혹시… 칼리어스에 어째서 그렇게 몬스터가 많은지 알고 있는가?"

"그거야 칼루나 산맥을 마주하고 있기 때문 아닙니까? 부동항을 따라 먹이를 찾기 위해 끊임없이 몬스터가 내려오는 것이지요.”

아론은 고개를 가로저었다.

“후후, 아직 뭘 모르는 모양이군.”

이번에는 더 큰 봉지를 뜯은 아론이 더 많은 양의 보석을 꺼내어 늘어놓았다.

“허어!”

“이게 다 어디서 났다고 생각하는가? 이런 물건을 하나도 아니고 이렇게 많이 약탈하거나 빼돌리는 것이 가능하다고 생각하는가?”

오후의 햇빛에 반사되는 보석이 만들어내는 아름다운 광채에 보부상들은 그만 눈이 멀어버릴 것 같았다.

“우리 영지에는 예로부터 고룡 칼루나가 만들어놓은 레어가 있다고 전해지지. 그 이유는 바로 이것 때문이지.”

낡은 양피지를 펼친 아론이 말했다.

“이게 바로 이 보물들의 출처일세.”

곡괭이 모양이 표시된 산맥의 끄트머리, 보부상들은 입을 떡 벌렸다.

“그, 금맥?! 아, 아니지! 다이아몬드 광산?!”

“역시 보부상들은 머리가 좋단 말이야.”

“그렇다면 몬스터들은 이 광산의 보석에 눈이 멀어 자꾸 공격을 해온단 말입니까?!”

“어쩌면 고룡 칼루나의 명령 의식이 아직까지 그들을 움직이고 있는지도 몰라. 하여간 몬스터들이 노리는 곳이 광산임은 틀림없다는 소리지."

"그렇다면……."

"이것들이 진품이라는 것은 내가 보증하고 상태 또한 드래곤이 탐낼 정도로 최상급이라는 것이지."

순간, 보부상들이 자신들이 가지고 온 금화를 모두 털어 탁자 위에 올려놓는다.

"자, 자작님! 이것들을 저희에게 파시지요!"

아론은 고개를 갸웃거린다.

"단순히 이것들을 그대들에게 팔라고? 값을 어찌 매길 줄 알고 그대들에게 팔라고 한단 말인가?"

"하지만 제국에서 직인을 찍지도 않은 물건 아닙니까?"

"직인이야 찍으면 그만이지. 비록 세금을 제하더라도 말이지."

보부상들이 마른침을 삼킨다.

꿀꺽!

"그, 그럼 저희가 얼마를 드려야……."

아론은 손가락 두 개를 펼쳤다.

"물건 하나당 금화 이천이네. 그 이하는 절대로 거래 불가야."

"자, 자작님, 하지만……."

"왜, 싫은가?"

"아, 아니요! 그런 것이 아니라……."

탁자 위에 올려놓았던 물건을 쓸어 담으며 아론이 말했다.

"어쩔 수 없지. 점포 상인연합을 찾아가는 수밖에."

순간, 보부상 연합총무가 외쳤다.

"아, 알겠습니다! 금화 이천!"

"초, 총무!"

그는 눈이 휘둥그레진 부하들의 발을 꾹 밟았다.

뚜둑!

"으윽!"

보부상연합이 귀금속에 이렇게까지 목을 매는 이유는 따로 있었다.

보부상들이 만약 이 물건을 가지고 황도로 들어가 직인을 받고 귀부인들을 잘만 구슬린다면 이천 골드가 아니라 이만 골드는 족히 받아낼 수 있을 것이다.

더군다나 아론과 달리 귀족의 신분에 메여 있지 않은 보부상들은 구설수나 쓸데없는 정치꾼들의 먹이가 될 염려가 없었다.

그렇기 때문에 아무리 돈을 많이 굴려도 뒤탈이 없는 것이다.

총무는 아론에게 고개를 꾸벅 숙였다.

"일단 오늘은 있는 돈만 받으시고 내일 돈이 도착하면 물건을 내어주시지요."

"거래량은 얼마나?"

"한 열 개만이라도……."

아론은 흡족한 미소를 지었다.

“알겠네. 그렇게 하지.”

“가, 감사합니다!'

“우선 술과 고기, 그리고 가지고 있는 식량과 무기를 모두 넘기게. 그에 상응하는 값은 이것으로 치르기로 하지.”

“알겠습니다. 이에 맞는 만큼의 술과 고기를 바치겠습니다.”

“아무튼 고맙네. 우리의 거래는 천천히 계속 이뤄질 것 같은데, 그렇지 않은가?”

“여부가 있겠습니까?!'

아론은 슬며시 미소를 지었다.

어린아이 장난감으로 금화를 사들일 줄이야 그 누가 상상이나 했겠는가?

이제 남은 것은 금화를 자루에 넣고 쓸어 담는 일뿐이다.

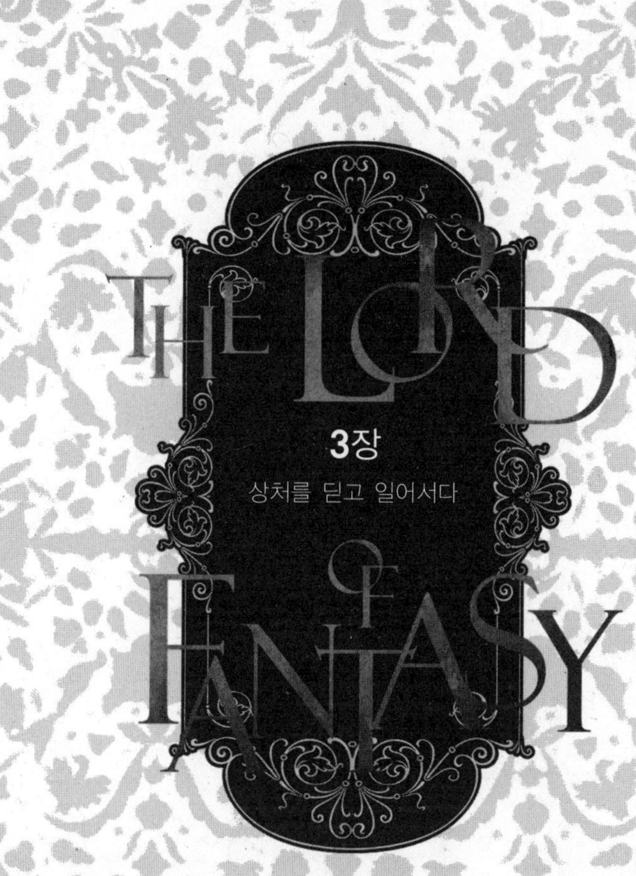

THE LORD OF FANTASY
3장
상처를 딛고 일어서다

다음 날.

찌는 듯한 더위에서 깨어난 화수는 황급히 자신의 주머니를 뒤적거렸다.

보부상에게서 받은 금화를 모두 금괴로 바꾸어 창고에 보관하고 몇 개를 주머니에 집어넣고 잠에 들었던 것이다.

화수가 팔아먹은 큐빅은 모두 스무 개, 개당 이천 골드였으니 모두 4만 골드를 번 셈이다.

작물 거래라 가격이 조금 떨어지기는 했어도 화수에게 그것은 중요한 것이 아니었다.

큐빅이야 다시 사면 그만이고 아직까지 세금 납부 기한이 꽤 남아 있기 때문이다.

딱딱!

100g짜리 금괴가 부딪치며 싱그러운 소리를 낸다.

"후후, 됐다."

자리에서 벌떡 일어선 화수는 다급하게 옷을 챙겨 입고 곧바로 금은방 거리로 향했다.

택시비가 없어 걸어가는 순간에도 그는 싱그러운 미소를 짓고 있었다.

"흐흐, 이게 다 얼마야?!"

100g짜리 금괴 네 개를 챙겨온 화수는 공인 금괴 수집가가 상주하는 대형 거래소를 찾았다.

수집가는 처음 보는 직인을 바라보며 고개를 갸웃거렸다.

"이런 직인이 찍혀 있는 것은……."

화수는 재빨리 금괴의 출처에 대해 둘러댄다.

"우리 할아버지께서 돌아가시면서 주신 건데, 일제강점기에 중국 동포에게서 쌀 대신 받은 것이랍니다. 그래서 보증서가 없지요. 중국 산둥성 어디 가문이라고 했는데, 기억이 잘 나지 않네요."

"흐음, 하지만 아무리 그래도 이런 물건은 조금 위험한지라……."

이윽고 화수가 그의 귀에 가까이 입을 가져다 댔다.

"커미션으로 50 정도 드리면 팔 수 있잖아요? 그렇죠?"

"험험, 그거야 그렇지만 불순물이 얼마나 끼어 있는지 모르니 정확하게 가격을 매길 수가 없군요."

“요즘 100g짜리 금괴 시세가 육백만 원이 조금 안 됩니다.
그렇다면…….”

조금 억울하긴 하지만 화수는 금괴의 값을 확 내려 버렸다.

“2/3만 받겠습니다.”

“흐음…….”

현재 금괴 시세는 100g당 육백만 원에서 오르락내리락하는
중이다.

만약 화수가 이 가격에 금을 판다면 개당 사백만 원이다.

하지만 매입상은 고개를 가로저었다.

“아무래도 순도 측정을 받지 않은 금을 사기는 조금 힘들 것
같군요.”

화수가 황급히 손바닥을 내밀었다.

“좋습니다! 개당 삼백오십! 그 이하는 안 됩니다.”

그제야 매입상인이 미소를 지었다.

“그럼 커미션까지 천백오십만 원 드리면 되는 거지요?”

도대체 얼마를 손해 보는 것인지 감도 잡을 수 없지만, 어차
피 이것은 공돈이나 마찬가지다.

“알겠습니다. 돈은 현금으로 주실 거지요?”

“그래야겠지요?”

바로 옆 건물에 있는 은행에서 현금을 뽑아온 매입상인이
돈 봉투를 건넸다.

“이 정도면 잘 쳐드리는 겁니다. 아시죠?”

멀쩡한 금괴를 절반이가 깎아먹다니, 지금이라면 웃는 얼굴

에도 침을 뱉을 수 있을 것 같은 생각이 들었다.

'빌어먹을 자식!'

속으로 욕을 바가지로 해댄 화수가 살짝 고개를 숙였다.

"그럼."

점포를 나서려던 화수에게 매입상인이 명함을 한 장 건넸다.

"나중에 연락 한번 주시죠. 제가 순금 순도 측정 정도는 해드리겠습니다."

명함을 받은 화수는 떨떠름한 표정으로 점포를 나섰다.

*　　　*　　　*

황금을 돈으로 바꾼 후 화수는 곧바로 집을 옮기기로 했다.

궁동에서 그리 멀지 않은 원룸 촌으로 이사한 화수는 보증금 500만 원에 월세 15만 원으로 계약했다.

그리고 남은 500만 원으로 화수는 원대한 계획을 세우기에 이르렀다.

이 세상은 잘생기고 잘빠진 사람만이 대우받고 능력 있는 사람만이 살아남는 냉혹한 곳이다.

지금까지야 그렇고 그런 사람들 속에서 아등바등 살 것 없다며 자기 위안을 하고 살았다지만 이제부터는 그럴 수가 없었다.

화수는 500만 원을 가지고 자신의 모든 것을 뜯어고치기로 했다.

"그래, 기왕지사 사는 김에 나도 사람답게 살아보는 거야!"

그 첫 번째 과제는 바로 몸속에 남아 있는 지방을 모두 태워 버리는 것이었다.

두꺼운 오리털 점퍼를 입은 화수는 당장 한여름의 열기가 가득한 갑천변으로 나섰다.

오늘의 날씨는 섭씨 33도. 가만히 서 있기만 해도 땀이 줄줄 흐를 정도로 지독한 더위가 기승을 부리고 있었다.

거기에 오리털 점퍼라니, 사람들은 화수를 미쳤다고 생각한다.

"쯧쯧, 젊은 청년이 미쳐도 단단히 미쳤나 보네."

여기저기서 손가락질을 해대고 웃어도 화수는 포기할 수 없었다.

"헉헉!"

불편한 다리를 이끌고 걷는 것만으로도 숨이 턱까지 차오를 지경인데 이런 숨 막히는 점퍼라니, 보통 사람은 일찌감치 포기했을 것이다.

하지만 화수는 오늘 목표량인 두 시간을 무조건 채우기로 했다.

그렇게 인고의 시간을 보내고 난 후, 땀을 한 바가지는 흘린 것 같지만 사람의 몸은 운동만으로는 쉽게 살을 뺄 수가 없다.

그는 힘든 운동을 끝내고 집으로 돌아와 과일과 야채로만 배를 채웠다.

차가운 야채와 과일이 처음에는 달콤하게 느껴졌지만, 먹으면 먹을수록 탄수화물이 당기는 것을 느꼈다.

하지만 화수는 고개를 가로저었다.

"아, 안 돼! 이대로 뚱뚱보 병신으로 살 수는 없어!"

식사를 모두 마친 화수는 곧바로 샤워에 집 정리까지 모두 마치고 나서야 깊은 잠에 빠져들었다.

약간의 불면증까지 있었던 화수는 오랜만에 아주 깊은 단잠에 빠져들었다.

*　　　*　　　*

이른 아침, 일주일째 서서히 야위어가는 아론을 바라보며 클락이 걱정스럽게 물었다.

"쿨럭쿨럭! 영주님, 어째서 그렇게 야위어가는 겁니까? 어디 불편한 곳이라도 있으십니까?"

"불편하다기보다는……."

다이어트 일주일째, 아론으로 있을 때에는 먹고 싶어도 먹을 음식이 없으니 살이 쭉쭉 빠지는 것을 느끼고 있다.

아무리 재정이 풍족해졌어도 형편이 그리 쉽게 나아지지는 않았다.

거기에 남몰래 운동까지 하고 있으니 얼굴이 핼쑥해진 것은 더 말할 것도 없다.

하지만 아론을 보필하는 클락의 입장에서는 그게 아닌 모양이다.

"제가 가서 신관을 모셔올까요?"

"아니, 그럴 필요는……."

순간, 아론의 머리에 뭔가 번뜩 스친다.

"내가 요즘 다리가 더 불편해져서 그런지 통 입맛이 없어."

"쿨럭쿨럭! 저런!"

"그래서 말인데, 치료에 도움이 될 만한 신관이 없을까?"

아론의 질문에 잠시 고민에 빠져 있던 클락이 조심스럽게 입을 뗀다.

"알겠습니다. 집사 클락, 한번 알아보겠습니다."

"정말 그래주겠어?"

"하지만 저도 장담은 못하겠습니다. 신관 나부랭이들의 콧대가 워낙에 높은지라……."

"그건 상관없어. 내 다리를 고칠 수만 있다면 그게 어디야."

"알겠습니다. 그럼 신속하게 알아보겠습니다."

덜덜거리는 손으로 지팡이 걸음을 하는 클락이 불안해 보이기는 하지만 그는 원래 암흑가에서 20년을 넘게 굴러먹은 사람이다.

그가 벨런티아 가문을 평생 섬겼다는 것은 암흑가에서 정보를 수집하거나 암살을 하던 것도 포함한 것이다.

아론은 그런 클락을 한번 믿어보기로 했다.

＊　　＊　　＊

그야말로 뼈를 깎는 인고의 세월을 버틴 화수의 몸은 서서히 변화를 나타내고 있었다.

일주일에 10kg, 이 주에는 15kg을 뺐다. 그리고 삼 주차가 되었을 때에는 20kg 감량에 성공했다.

그야말로 인간 승리라고 할 수 있었다.

하루에 무려 세 시간을 내리 달리고 난 후 마시는 것이라고는 레몬디톡스(효소 다이어트 용품)와 채소와 과일뿐이니 그럴 만도 했다.

이제 그의 몸에 남아 있던 지방은 거의 다 사라졌고, 신체능력 측정기는 그의 몸에 남아 있는 지방이 겨우 4%밖에 되지 않는다고 말하고 있다.

하지만 아직까지 근육이 붙지 않아서 몸은 그야말로 볼품이 없는 상태였다.

그러나 남산만 한 배를 씰룩거리며 돌아다니는 시절보다는 훨씬 보기 좋았다.

화수는 목표치를 달성하고 난 후, 인생 최대의 결심을 하게 된다.

그것은 바로 성형수술이었다.

아론으로서의 삶이나 화수로서의 삶이나 그는 태어나서 단 한 번도 잘생겼다는 소리를 들어본 적이 없다.

사람같이 생기지 않았다는 소리를 직접 면전에서 들었으며 여자에게 말 한 번 걸어본 역사가 없다.

이대로는 제국에서도 살아남을 수 없고, 현실 세계에서도 살아가기 힘들 정도의 외모였던 것이다.

그리하여 화수는 강남의 성형외과 거리를 찾기로 했다.

한데, 막상 강남에 도착한 화수는 생각보다 성형 비용이 덜 든다는 것을 알 수 있었다.

하지만 어디까지나 그것은 예상했던 것보다 적게 나온다는 말이다.

의사는 화수의 눈과 코를 아예 바꾸어 버리는 것을 추천했다.

"일단 눈은 앞뒤로 다 터버리고 코에는 자가 연골을 넣어 오뚝하게 만들 겁니다. 이해 가시죠?"

그나마 얼굴이 계란형이고 콧등이 휘어지지 않아 견적이 적게 나온 것이다.

그래도 수술을 하면 딴사람이 되는 것은 마찬가지였다.

"좋습니다. 이대로 해주십시오."

의사는 화수에게 손을 내밀었다.

"저를 믿고 기다리시면 좋은 결과가 있을 겁니다. 수술 후에만 조심해 주시면 됩니다. 아시겠죠?"

"물론입니다."

여름이라 환자가 없어 화수는 내원 당일에 수술을 할 수 있었다.

환자복으로 갈아입은 화수의 얼굴에 수술용 볼펜으로 부위를 결정했다.

그리고 마취 주사를 놓는데, 문득 걱정이 들었다.

“자, 잠깐! 제가 마취가 잘 안 되는 체질이라 그런데…….”

“걱정하지 마십시오. 마취에 내성이 있는 분은 약을 조금 더 투여하면 됩니다.”

“아, 알겠습니다.”

수면 마취와 국소 마취로 이뤄지는 수술이 과연 잘 이뤄질 것인지 의문이 들었지만 화수는 눈을 감았다.

그런데 의외로 마취가 잘 드는 모양이다.

화수는 그대로 편안하게 꿈나라로 여행을 떠났다.

*　　　*　　　*

성형수술의 후유증은 예상외로 엄청났다.

그나마 진통제와 보철물을 주머니에 넣어두지 않았다면 칼리어스에서의 비위생적인 삶이 그를 망칠 수도 있었다.

얼굴에 붕대를 칭칭 감은 아론을 바라보며 클락이 고개를 가로저었다.

“쿨럭! 이놈의 계단을 확 다 갈아엎던가 해야지!”

“아니야. 내가 잘못해서 구른 것인데, 뭐.”

이미 살은 빠질 대로 빠졌지만, 얼굴이 변하는 것은 무엇으로도 설명할 길이 없었다.

그래서 아론은 일부러 계단에서 구른 척을 했고, 지금은 얼굴에 붕대를 감고 다녔다.

이윽고 벨리안이 영주의 골방을 두드린다.

똑똑.

"영주님, 어떤 신관이라는… 주정뱅이가 찾아왔습니다."

"주정뱅이?"

클락이 아론에게 슬쩍 귀띔을 한다.

"…저번에 소인이 말씀드렸던 바로 그자인 모양입니다."

이윽고 아론은 무릎을 쳤다.

"아하! 그 뒷골목 사제 말이야?"

"예, 그렇습니다. 술과 여자를 좋아해서 그렇지 꽤나 쓸 만하다고 하더군요."

그의 말에 따르자면 신관이 난봉꾼이라는 소리인데, 과연 그가 정상일지 궁금할 따름이다.

"사제가 그렇게 난봉꾼이면 어떻게 신성력을 사용한다는 거지?"

"일단은 신성력을 사용하는 것을 소인의 두 눈으로 확인했으니 사기꾼은 아닐 겁니다."

정식적으로 신전에 등록된 사제들은 응급 상황이 아니고서는 사사로이 신성력이나 의학 지식을 사용할 수 없으니 이렇게나마 치료를 받아야 한다.

"알겠어. 일단 만나보도록 하지."

잠시 후, 클락이 문을 열자 지독한 술 냄새가 풍겨온다.

"딸꾹! 어이쿠! 영주님을 뵙는군요!"

도대체 술을 얼마나 마셔야 저 지경이 되는 것인지 두 눈은 벌써 게슴츠레 풀려 있고 입가에는 음식물 쓰레기가 덕지덕지 붙어 있다.

눈살을 찌푸린 아론이 물었다.

"자네가 뒷골목 신관이라는 사람인가?"

"큭큭큭! 신관이라기엔 좀 그렇고, 그냥 떠돌이 의사쯤으로 해두시지요."

허우대만 멀쩡하고 하는 짓거리는 도저히 믿음이 안 가는 사내였다.

하지만 아론의 처지에 그런 것을 가릴 때가 아니었다.

"뭐, 하여간 실력만 보증할 수 있다면 그만이지."

"딸꾹! 설마하니 제가 영주님과 '붉은 전갈' 어르신께 거짓말을 하겠습니까?"

순간, 클락이 살기 어린 눈으로 그를 노려본다.

"…주둥이 잘못 놀렸다간 변사체가 되는 수가 있다네."

주정뱅이 사제는 두 손을 번쩍 들어 올렸다.

"어이쿠, 여부가 있겠습니까?"

잠시 후, 아론이 그를 만류하며 물었다.

"집사가 좀 참아. 하여간 자네가 나의 병을 고칠 수 있다는 것이 사실인가?"

"제가 고친다기보다는 약이 고치는 것이지요."

"약?"

"최근에 아이스트롤을 잡으셨다고 하던데, 사실입니까?"

"그렇긴 하네만?"

"그런 좋은 약재를 두고 뭘 고민하십니까?"

"약재?"

"예로부터 아이스트롤의 피는 뛰어난 회복력을 가지고 있다고 알려져 있지요."

"하지만 내 몸은 다치거나 뚜렷한 질병에 걸린 것이 아닌데?"

"다 방법이 있습니다. 아이스트롤의 피를 아주 조금만 주시면 제가 영주님의 병을 고쳐드리지요."

다소 장난스러운 그의 말투에 아론이 미심쩍은 눈으로 말했다.

"내가 자네를 어떻게 믿지?"

"큭큭, 원래 믿음이란 쉽게 생기는 것이 아니지요."

아론에게 바짝 다가선 주정뱅이 사제가 눈을 감았다.

그러자 그의 몸에서 백색 오오라가 피어올랐다.

우우우우웅!

"이, 이것은……!"

"신성력의 파동입니다. 사제들만이 사용할 수 있다는 신성력의 증거죠."

이윽고 주정뱅이 사제는 아론의 얼굴에 손을 가져다 댔다.

화아아아악!

밝은 빛이 아론의 얼굴에 닿자 성형수술의 상처가 아물며 순식간에 눈과 코가 자리를 잡기 시작했다.

자가 연골을 보형물로 대고 수술 부위를 봉합한 덕분에 아

론의 얼굴은 가상 성형과 100% 일치하는 완벽한 얼굴로 탈바
꿈되었다.

순간, 아론과 클락이 소스라치게 놀라며 소리를 질렀다.

"이, 이게 무슨……!"

이번에는 사제가 고개를 갸웃거린다.

"어라? 그냥 상처만 아물게끔……."

"하하하하! 계단에서 구르면서 얼굴이 많이 바뀌었다고 생
각했는데, 그게 오히려 전화위복이 된 모양이군."

"그, 그런 경우도 있던가?"

상황이 조금 바뀌기는 했지만, 얼떨떨한 표정의 그에게 아
론이 말했다.

"좋아, 자네의 능력을 한번 믿어보기로 하지."

완벽한 외모를 갖게 된 아론에게 남은 것은 정상적인 몸으
로 돌아가는 것뿐이었다.

*　　　*　　　*

긴장감이 흐르는 지하실, 사제 클라인이 말했다.

"거듭 말씀드립니다만, 상상을 초월하는 고통이 수반될 겁
니다. 그래도 절대로 죽는 것은 아니니 걱정하지 마십시오."

아론은 무겁게 고개를 끄덕였다.

"그럼 투약을 시작하겠습니다."

살짝 미소를 지은 클라인이 붉은색 액체가 담긴 유리병의

봉인을 제거했다.

뽕!

고약한 냄새가 진동하는 붉은색 액체는 바로 아이스트롤과 오우거의 피를 서로 혼합시켜 만든 포션이었다.

몬스터가 하루에도 수십 번씩 쳐들어오는 칼리어스에서 이런 재료를 구하는 것은 누워서 떡 먹기보다 더 쉬운 일이었고, 약을 만드는 것 역시 마찬가지였다.

이제 남은 것은 아론이 직접 복용하는 것이다.

"후우, 시작하지."

아론은 긴장된 표정으로 유리병을 서서히 기울이기 시작했다.

꿀꺽꿀꺽!

"하아……."

순간, 몸이 아주 편해지며 머리가 가벼워지는 느낌이 든다.

"서, 성공인가? 하지만 고통은……."

"아직, 아직입니다. 이제 곧 시작됩니다."

"뭐?"

이윽고 아론의 온몸에 검붉은 핏줄이 튀어나오기 시작했다.

"크하아아악!"

"참으십시오!"

"씨바바발! 크아아아악!"

욕지거리를 내뱉으며 고통에 몸부림치던 아론은 이내 머리를 쥐어뜯기 시작했다.

“내 머리, 내 머리! 머리 가죽을 벗겨줘!”

“참아야 합니다!”

술주정뱅이 클라인도 이번만큼은 긴장한 표정이다.

바닥을 뒹굴며 괴성을 지르던 아론이 일어나 클라인의 팔목을 붙잡으며 말했다.

“나, 나를 좀 죽여줘!”

“고통스러운 것 압니다! 하지만 이를 악물고 참으십시오!”

“으아아아악!”

조금 고통스럽다는 말로는 도저히 형용할 수 없는 고통이다.

클라인이 신성력을 쏟아부어 그의 고통을 줄여보고 있었지만 소용없었다.

그러다 문득 아론이 정신을 잃고 말았다.

“아아……!”

“영주님!”

고통에 일그러졌던 아론의 몸이 서서히 힘이 빠지며 숨을 쉬지 않는 지경에 이르고 말았다.

“이런, 빌어먹을!”

그렇게 아무런 반응이 없던 아론의 몸이 급격하게 창백해지더니 경련을 일으키기 시작했다.

“허어억, 허어어억!”

“의, 의식이 돌아온 것인가?”

“으아아아악!”

"영주님!"

클라인이 누워 있는 아론의 팔다리를 붙잡았지만 소용없었
다.

"크아아악!"

"으헉!"

이제 20대 중반의 건장한 청년을 무려 3m나 집어 던진 아론
이 자리에서 일어나더니 이내 땅바닥에 머리를 찧기 시작했다.

쿵쿵쿵쿵!

"영주님! 참으십시오!"

"크아아아악!"

사방으로 선혈이 튀어 오르고 있었지만, 아론의 이마는 믿
을 수 없을 정도로 빠르게 회복되고 있었다.

그 모습을 바라보며 클라인이 경악에 찬 표정을 짓는다.

"드, 드디어?!"

잠시 후 아론은 기절했고, 다시 평온한 표정으로 돌아왔다.

아론의 몸 상태를 살핀 클라인이 미소를 지었다.

모든 것은 정상이었고, 아론은 이제 마음껏 뛰어다닐 수 있
는 몸이 되었다.

평온한 표정의 아론. 클라인은 그런 그를 바라보며 술을 한
모금 마셨다.

"크흐! 기구한 운명이구려, 영주님도."

땀에 절어 있는 그의 얼굴이 조금은 안쓰러웠던 것일까?

클라인이 바닥에 술잔을 놓고 밖으로 나갔다.

                    *   *   *

바퀴벌레가 온 신경을 타고 돌아다니는 듯한 끔찍한 경험을
한 후 잠에서 깨어난 화수는 땀으로 샤워를 하고 있었다.

"허억, 허억!"

다행히도 지금은 기절을 한 모양인지 고통은 느낄 수 없었다.

자리에서 일어선 화수가 물이라도 마실 요량으로 냉장고로
다가가는데, 다리가 정상적으로 움직이는 것이 느껴졌다.

"다, 다리가……."

클라인의 실험은 성공적이었고, 화수의 다리는 완치된 듯했
다.

"드, 드디어! 하하하하하!"

환희에 찬 화수가 껑충 뛰어오르자, 그의 머리가 지붕을 뚫
고 올라간다.

콰앙!

"허억!"

몸에 전해진 충격은 거의 없었지만 수리비가 문제다.

몬스터의 피가 섞이면서 그의 신체 능력이 실제 아이스트롤
과 비슷해진 것이다.

"이런……."

너무나 좋은 나머지 난리를 친 탓이다.

을 꿇었다.

"황족을 기다리게 하다니 목이 달아나도 할 말이 없습니다!"

그녀는 고개를 가로저었다.

"괜찮아요. 그만 일어나세요."

자리에서 일어선 화수는 그녀의 얼굴을 확인하고 나선 하마터면 소리를 지를 뻔했다.

"화, 황녀 전하?!"

제국의 꽃이라 불리는 제1황녀 엘레니아의 미모에 아론은 다시 한 번 무릎을 꿇고 말았다.

"소신 아론 벨런티아, 황녀 전하를 뵈옵나이다!"

그녀는 아론을 보자마자 고개를 갸웃거렸다.

"분명 공자였던 시절에 뵈었던 것 같은데 얼굴이…….."

그를 위아래로 훑어보는 그녀에게 아론이 재빨리 대답을 만들어냈다.

"저번에 약을 한번 복용했다가 얼굴이 뒤틀렸나이다. 그때 아주 운이 좋게도 이렇게 되었지요."

"무슨 약을 먹었다는 소리는 들었지만… 그렇게 된 것이군요."

"그러하옵니다, 전하."

아론과 엘레니아는 분명 어려서 얼굴을 한 번 본 적이 있다.

물론 그때는 제국 제일의 추남이었으니 지금 못 알아보는 것도 무리는 아니다.

하지만 엘레니아는 상관없다는 듯 반갑게 아론을 맞았다.

"그나저나 오랜만이죠?"

"망극하옵니다, 전하!"

그녀에게 고개를 숙인 아론이 벨리안에게 명령했다.

"오늘 이곳에 누군가 왔다는 말은 절대로 외부로 새어 나가서는 안 되네. 알겠지?"

"충!"

혹시나 그녀의 비밀스러운 행차가 밖으로 새어 나가 분란을 일으킬까 두려웠던 것이다.

엘레니아가 그런 아론에게 살짝 고개를 숙였다.

"이렇게 갑자기 찾아온 것도 결례인데 배려를 해주시네요."

"당치도 않사옵니다, 전하."

이윽고 아론이 그녀에게 물었다.

"한데 전하, 이 누추한 곳까지 어인 행차이시옵니까? 소신을 불러주셨다면 황도까지 눈썹이 휘날리게 뛰어갔을 것이옵니다."

"아주 오랜만에 검공 가문의 자제를 눈으로 직접 보고 싶었어요. 랭던 공이 돌아가시고 나서 한 번도 얼굴을 본 적이 없잖아요."

실제로 엘레니아는 검공 랭턴을 상당히 따랐던 것으로 아론은 기억한다.

물론 그녀의 아버지 칼번은 그런 사실을 무척이나 싫어했다.

랭턴의 장례식 때, 그녀는 유일하게 황족으로서 흰색 국화

꽃을 놓고 간 사람이다.

어린 엘레니아였지만, 그녀는 랭턴이 제국의 영웅이었다는 사실을 가슴 깊이 새기고 있었던 것이다.

"하나 이 먼 거리를 어떻게……."

그녀는 슬쩍 미소를 지었다.

"루파인 공작님께 압력을 조금 넣었죠."

궁정마법사단장 루파인은 대륙에서 유일하게 공간 전이 마법을 사용할 수 있는 사람이다.

하지만 엄청난 비용과 인력의 소모로 어지간하면 사용하지 않는 마법이다.

그런 방법까지 동원하여 아론을 보기 위해 직접 이곳까지 왔다니 감개가 무량할 따름이다.

"망극하옵니다, 전하. 소신이 미천하여 이렇게 왕래하게 함을 용서하소서."

"그게 어디 자작님의 잘못인가요? 일단 자리에서 일어나세요. 그리고 찾아온 김에 한 가지 부탁을 드리고 싶어요."

"하명만 하시옵소서."

"혹시 이번에 황태자 전하께서 혼례를 올린다는 소식을 들으셨나요?"

"그러하옵니다. 전하께서 제2황태자빈을 들이신다고요."

"그래요. 황태자는 제3황태자빈까지 들여야 할 의무가 있지요. 그런데 황태자빈이 될 분께서 귀공의 반지를 보고는 홀딱 반해서 예물로 그것을 받고 싶다고 하셨어요."

"큐빅, 아니, 블루사파이어 반지를 말입니까?"

"아니요. 그게 아니라 블랙다이아몬드라고 하던데요?"

잠시 후 아론은 주머니를 뒤적거려 검은색 큐빅이 박힌 반지를 꺼내어 보여주었다.

"이런 것 말씀이십니까?"

"맞아요. 바로 이거예요."

아론은 반지를 그녀에게 건넸다.

"소신의 미천한 선물이나마 받아주신다면 크나큰 광영이겠나이다."

"하지만 이렇게나 귀한 물건을……."

"전하께서 제 아버지를 잊지 않고 소신을 찾아주신 것만으로도 그 은혜를 어떻게 다 갚아야 할지 모르겠나이다. 작은 성의지만 기쁘게 받아주신다면 소신 지금 죽어도 여한이 없사옵니다."

고개를 푹 숙인 아론의 손에서 그녀가 반지를 받아 들었다.

"제가 이 은혜를 어떻게 갚아야 할지 모르겠군요."

"은혜라니요! 당치도 않습니다."

"고마워요, 자작님."

"망극하옵니다."

슬쩍 미소를 지은 그녀가 반지를 바라보며 말했다.

"맞아요. 이렇게 비둘기 문양이 박혀 있는 것이 진품이라고 하더군요."

순간 아론은 큐빅의 제조사 마크가 비둘기라는 것을 기억해 냈다.

“그렇사옵니다. 평화를 상징하는 마크지요.”

“감사해요. 한데…….”

말끝을 흐리는 그녀, 아론이 고개를 갸웃거린다.

“또 하명하실 일이라도 있으시옵니까?”

“예물로 똑같은 반지를 맞추었으면 해서요. 똑같은 물건은 구할 수 없겠지요? 이 귀한 것을…….”

아론에게 있어 큐빅 반지를 구하는 것은 굴러다니는 돌멩이를 걷어차는 것만큼이나 간단한 일이다.

그는 재빨리 고개를 숙였다.

“이 세상의 어떤 물건이 황녀 전하의 명령보다 귀하겠사옵니까? 무조건 만들어 진상하겠나이다.”

“정말인가요?”

“여부가 있겠사옵니까?”

“사례는 섭섭지 않게 할게요. 그러니…….”

“당치도 않사옵니다. 제국의 황녀께서 사례라니요, 있을 수 없는 일이옵니다.”

“그렇지만…….”

“전하께서 하명하신 것만으로도 이 미천한 가문에 대대로 광영일 것이옵니다. 더군다나 황녀 전하의 경국지색의 자태를 직접 견식한 것으로 소신은 오늘 죽어도 여한이 없사옵니다.”

칭찬은 고래도 춤추게 한다고 하였던가?

긴장한 나머지 나오는 대로 지껄인 것이 그녀에게 제대로 먹인 모양이다.

슬그머니 미소를 지은 엘레니아가 아론에게 살짝 고개를 숙였다.

"그럼 부탁을 드려도 될까요?"

"물론이옵니다, 전하."

"고마워요."

이윽고 그녀가 자리에서 일어섰다.

"폐하께서 알아채시기 전에 황도로 돌아가려면 시간이 없네요. 이렇게 돌아가는 것을 용서하세요."

"당치도 않사옵니다."

잠시 후, 부복한 그에게 엘레니아가 말했다.

"다음에는 그 전하라는 말은 좀 빼고 편안하게 대화를 나누었으면 좋겠네요. 그럼……."

"망극하옵니다, 전하."

성의 뒷문으로 그녀를 배웅하고 난 후 아론은 진이 다 빠지는 것을 느낀다.

여자와 제대로 대화를 해본 적 없는 아론에게 엘레니아 황녀는 그야말로 연예인과 같은 존재였다.

더구나 황실의 행사에서나 보던 얼굴을 이렇게나 가까이서 볼 수 있다는 것은 지금 죽어도 여한이 없는 일이다.

더군다나 아버지를 온전히 기억하는 사람이다. 이것만으로도 그녀를 돕기에 충분한 이유가 될 것이다.

아론은 금괴를 주머니에 넣고 밤이 되기를 기다렸다.

THE LORD OF FANTASY
4장
너무나 뜻밖의 위기

　금괴 하나를 주머니에 더 넣고 잠에 들었던 화수는 그것이 그대로 있음에 미소를 지었다.

　이번에도 금괴를 350만 원에 팔아먹은 화수는 그것을 전부 큐빅으로 바꾸기 위해 뽑기 반지 공장으로 향했다.

　쿵쿵쿵!

　"계십니까?!"

　이른 아침부터 공장 문을 두드리는 화수에게 한 소녀가 눈을 비비며 말했다.

　"하암! 무슨 일인데 이른 아침부터……."

　순간 그녀는 화수를 보자마자 눈을 동그랗게 뜬다.

　"누, 누구세요?"

"사장님을 뵈러 왔는데요?"

얼굴이 살짝 붉어진 그녀가 자꾸만 말을 더듬는다.

"그, 그, 그래요? 자, 자, 잠시만요."

이윽고 돌아선 그녀가 사장을 불러온다.

"아빠! 아빠!"

머리에 새집을 지은 사장이 터덜터덜 걸어 나온다.

"으음, 아침부터 무슨 소란이냐?"

"소, 손님이 왔어. 그런데 완전 제대로 킹카야."

호들갑을 떠는 그녀에게 사장이 눈살을 찡그린다.

"뭔 카?"

"하여간, 어서 이리 와."

공장 입구에 서 있던 화수가 불쑥 몸을 들이밀었다.

"사장님, 안녕하십니까?!"

"예? 누구……?"

"접니다. 화수."

"누구요?"

"반지에 큐빅 끼우던 아르바이트생 말입니다."

그제야 사장은 무릎을 쳤다.

"아하, 그 젊은 청년? 어이쿠, 살을 많이 뺐네?"

"헤헤, 죽을 둥 살 둥 빼니 안 되는 것이 없더라고요."

"하하, 아무튼 축하하네."

"감사합니다."

이윽고 화수는 바로 본론으로 들어갔다.

"그런데 사장님, 아직도 큐빅 반지 아르바이트생 구하십니까?"

"그거? 이제는 접었는데?"

"저, 접다니요?"

"큐빅 생산이 중단된 것 같더라고. 요즘은 그런 반짝이를 안 만든다나?"

순간, 화수의 표정이 경악으로 물들었다.

"그, 그럼 이제는 반지를 만들지 않는 겁니까?"

"뭐, 그런 셈이지. 뽑기에 들어가는 물건이야 많으니까 괜찮아. 그나저나 아르바이트 하러 왔나?"

"그, 그렇다기보다는……."

화수는 불안한 기색으로 물었다.

"그럼 모델 번호 3-1 검은색 반지는 어디에서 구할 수 있습니까?"

사장은 고개를 갸웃거렸다.

"글쎄? 동네 뽑기에서 구할 수 있지 않을까?"

'이런 씨발!'

일이 꼬여가는 소리가 귓가에 들리는 듯하다.

이대로라면 영지가 불타는 것은 불을 보듯 뻔한 일이다.

아무리 성격 좋은 엘레니아 황녀라도 약속을 지키지 못하면 목이 달아날지도 모른다.

"…아무튼 반지는 아직 뽑기통에 있는 것이 확실하지요?"

"아마도 그렇지 않을까?"

"감사합니다. 그럼."

남은 기한은 3일, 화수는 재빨리 공장을 나섰다.

＊　　＊　　＊

아침과 정오의 사이, 직장인들이 가장 바쁜 시간이다.

그럼에도 불구하고 화수가 찾은 큐빅 공장은 문을 열 생각을 하지 않고 있었다.

쿵쿵쿵!

"계십니까?!"

벌써 30분째 문을 두드리고 있지만 인기척이 느껴지지 않는다.

온몸에 땀이 나도록 문을 두드리던 화수에게 한 노파가 다가와 고개를 갸웃거리며 말했다.

"어이, 총각, 멀쩡하게 생겨서 셔터 내린 공장 문은 왜 두드리고 있어?"

화수는 노파의 물음에 고개를 갸웃거렸다.

"셔터를 내리다니요?"

"이 사람 이거 한발 늦었어."

"예? 그게 무슨 소리입니까?"

"돈 받으러 온 빚쟁이라면 한발 늦었다는 소리야. 공장주는 벌써 부도내고 잠적했다고 하더군. 우리 아들도 머리핀 장사를 하는데, 대금으로 100만 원인가 건넸다가 돈을 떼였지."

순간, 화수의 표정이 경악으로 물든다.

"그, 그런 말도 안 되는 일이 다 있나!"

"쯧쯧, 그러게 왜 미덥지도 않은 사람에게 돈 따위는 건네서 마음고생인가?"

주저앉은 화수의 모습이 꼭 미수금을 떼인 사업가 같았던지 노파가 안쓰러운 표정으로 어깨를 두드린다.

"힘내게. 아직 젊고 세상에 할 일은 많다네."

"…감사합니다."

이윽고 자리를 털고 일어선 화수는 터덜터덜 내려가다가 문득 고개를 돌렸다.

"가만, 저기… 어르신."

"응?"

"혹시 이 동네에 뽑기통 있습니까?"

"뽑기통?"

"왜, 어린아이들이 얼마간 동전을 넣고 물건을 뽑는 뽑기 말입니다."

"있긴 있지. 저 아래 동네 어귀에 보면 게임기와 함께 놓여 있다네."

순간 화수는 재빨리 동네 어귀를 향해 뛰기 시작했다.

"말씀 감사합니다, 어르신!"

"이보게, 젊은이! 혹시 엉뚱한 생각일랑 하지 말게!"

화수를 사기에 뒤통수를 맞은 사람으로 오해하는 노파의 표정은 측은지심으로 가득 차 있었다.

 ＊　　　＊　　　＊

　뉘엿뉘엿 땅거미가 지는 동네 구멍가게 앞에 앉은 화수는 동전을 산더미같이 쌓아놓고 계속해서 뽑기에 도전하고 있다.

　철컥!

　끼리릭!

　“제발 이번에는…….”

　벌써 몇 시간째 이러고 앉아 있는지 허리에서 곡소리가 날 지경이다.

　그런 화수를 보고 동네 어르신들이 한마디씩 한다.

　“쯧쯧! 큐빅 공장 김씨가 사기를 치고 날랐다더니 거기에 당한 모양이야.”

　“말끔하게 생긴 청년이 참으로 안되었네.”

　동공에 풀린 채 기계적으로 뽑기를 해대는 화수의 모습이 마치 정신 나간 사람 같아 보이는 모양이다.

　하지만 화수는 아랑곳하지 않았다.

　철컥!

　끼리릭!

　계속해서 뽑기에 도전하고 있는 화수를 보며 슈퍼 주인이 고개를 가로젓는다.

　“그런다고 내가 뽑기통을 팔 것 같은가? 그나마 용돈 벌이라도 하려면 나도 어쩔 수 없다고.”

“괜찮습니다. 제가 좋아서 하는 거니까요.”

“후우! 그래, 마음대로 하게나.”

저 많은 뽑기통 중 유독 하나만 팔라는 화수의 부탁을 슈퍼 주인이 거절한 것이다.

그런 이유로 이렇게 앉아서 뽑기를 하고 있다.

요즘은 흔하지도 않은 이런 뽑기통을 찾으러 다니느니 차라리 이곳에서 도박을 하는 편이 낫기 때문이다.

덕분에 신이 난 사람은 따로 있었다.

“아저씨, 이거 안 가지려거든 저 주세요.”

“그래, 가져가.”

“우와! 아저씨, 말 바꾸기 없기?”

“그래, 없기.”

“아싸!”

동네 꼬맹이들은 화수의 곁에 앉아서 뽑기의 내용물을 공짜로 취할 수 있음에 집에 돌아갈 생각도 하지 않는다.

“우와, 이거 내가 뽑고 싶었던 건데!”

“그것도 가지렴.”

“아저씨 최고!”

이젠 어디에 버리고 싶어도 부담스러울 정도로 쌓인 물건을 바라보다 화수가 문득 고개를 돌린다.

“저기, 애들아.”

“네?”

“너희 혹시 이런 반지 가지고 있니?”

화수는 아이들에게 뽑기 용품 카탈로그를 펼쳐 보였다.

"으음. 글쎄요? 이런 것도 있었던가?"

"잘 한번 생각해 봐. 그럼 아저씨가 아이스크림 사줄게."

"정말요?!"

"그래, 아저씨가 뽑기도 그냥 주고 있잖아? 아이스크림이라고 못 사줄까 봐?"

자세히 반지를 바라보던 아이들이 손뼉을 친다.

"아, 맞다! 하동집 작은 누나가 이런 반지를 끼고 있는 것 본 것 같아!"

"하동집?"

"엄마가 하동집, 하동집 하고 불러요. 여진이 누나 엄마가 하동에서 왔대요."

"그렇군."

생각에 잠긴 화수에게 아이들이 손을 벌린다.

"이제 됐죠? 그럼 아이스크림."

"잠깐, 그전에 해야 할 일이 하나 있어."

"뭔데요?"

화수는 바닥에 있는 뽑은 물건을 죄다 긁어 아이들에게 건네며 말했다.

"자, 이건 이제 다 너희 거야."

"와아!"

"하지만 조건이 있어. 하동집 여진이에게서 이 반지를 구해다 주어야 해. 그렇게만 된다면 아이스크림에 과자를 얹어줄 수도 있어.”

“저, 정말요?!”

“그럼, 당연하지.”

아이들은 대답도 하기 전에 어디론가 재빨리 뛰어가기 시작한다.

“거기서 잠시만 기다려요!”

“그래, 알았다!”

화수는 아이들을 바라보며 슬쩍 미소를 지었다.

＊　　＊　　＊

아이들은 거짓말을 하지 않는다고 했던가?

정말로 초등학교 5학년 여진이를 데리고 온 것이다.

하지만 문제는 아주 뜻밖의 곳에서 생겨나고 말았다.

“여진아, 아저씨가 5천 원 줄 테니까 그 반지 팔 수 있니?”

“싫어요.”

“뭐? 어째서?”

“이건… 안 돼요.”

화수는 연신 불매를 외치는 여진이에게 물었다.

“이유가 뭔데? 이 돈이면 그런 반지 열 개는 더 살 수 있는데?”

“알아요. 하지만 싫어요.”

“그러니까 이유가 뭔데?”

"내 남친이… 커플링이라고 준 거란 말이에요."

"커, 커플링?"

"네, 커플링이요."

"……."

요즘은 뭐든지 다 빠르다고 하더니 이제 겨우 초등학교 5학년인데 연애를 하고 있는 모양이다.

게다가 커플링이라니, 연애에 있어서는 일자무식이나 다름없는 화수도 이것이 얼마나 소중한 물건인지는 잘 알고 있었다.

"난감하게 되었군."

"그럼 얘기 다 끝난 거죠?"

"잠깐!"

화수가 돌아서려는 그녀에게 불현듯 물었다.

"요즘 lol이 대세라면서?"

"그렇죠."

"그럼 네 남친도?"

여진이 화수의 물음에 땅바닥을 쳐다보며 한숨을 내쉰다.

"어휴, 안 그래도 만날 그것에 빠져서 저녁도 잘 안 먹어요. 만약 연달아 지는 날에는……."

"너에게 짜증도 내겠지."

"잘 아시네요."

화수는 여진에게 쪽지를 하나 건넸다.

"그럼 여진아, 네 남친에게 한번 물어봐. 이것을 줄 테니 커플링을 다른 것으로 바꿀 생각 없느냐고."

"네?! 그런 말도 안 되는……."

"여진아, 잘 들어봐. 롤은 레벨이 높을수록 이길 확률이 높아. 그러니까 내가 쓰고 있는 이 아이디가 있으면 네 남친이 게임하는 시간이 조금은 줄어들겠지."

"저, 정말요?"

"그렇다니까! 그리고 또 네가 만약 이 아이디를 가진 사람과 연결해 주었다는 것을 알면 아주 기뻐할걸? 상상해 봐. 네 남친이 얼마나 좋아할지."

순간, 여진의 얼굴에 갈등하는 기색이 스친다.

"으음, 으, 으음……."

"기회는 한 번뿐이야. 남친에게 사랑받고 싶지 않아?"

어린 소녀에게 과연 이게 잘하는 짓인가 싶지만 어쩔 수 없다. 영지가 풍비박산 나는 것보다야 나을 테니까.

이윽고, 여진이 결심했다는 듯이 반지를 내민다.

"더 물어볼 것도 없어요. 내가 알아서 할게요."

"정말?"

"네, 정말요. 대신 커플링으로 대신할 물건을 얹어줘요. 그럼 팔게요."

"계산 참 철저하군."

화수는 주머니에 가득히 들어 있는 큐빅 반지 중 빨간색과 흰색을 건넸다.

"이건 네가, 이건 네 남친이 끼면 되겠네. 이제 거래 성사?"

"그래요. 아쉽지만 어쩔 수 없죠."

오랜 백수 생활을 달래주던 아이디가 날아가는 순간이지만, 화수는 절대로 후회하지 않는다.

"드, 드디어……!"

반지를 보며 천군만마를 얻은 듯 기뻐하는 화수를 보며 슈퍼 주인이 고개를 가로저었다.

"미쳐도 단단히 미쳤군. 쯧쯧, 세상이 어찌 되려고 이러는 건지……. 훠이, 훠이! 부정 탈라!"

아무리 미친 사람 취급을 받아도 괜찮다. 반지를 구했으니까.

*   *   *

아론은 황녀와 약속한 날짜에 맞춰 황도를 찾았다.

칼리어스에서 이틀거리에 위치한 제도 아르웬은 유프란티아 강을 끼고 있는 비옥한 토지로 유명하다.

루멘트 제국의 대표적인 농지로 손꼽히는 아르웬의 농산물은 대륙 전역으로 유통되고 있다.

덕분에 황제는 제국에서 가장 부유한 재정을 가지고 있으며, 그가 가진 농지에서 나오는 밀만 다 팔아도 제도가 일 년을 먹고살 수 있을 정도라는 소리가 있다.

칼리어스 붉은 매 기사단은 성벽 내부가 모두 대리석으로 되어 있는 아르웬에 들어서면서부터 입을 다물지 못하고 있다.

"말로만 들었지, 제도가 이렇게 번쩍거리는 곳인 줄은 미처 몰랐습니다."

세 명의 기사를 바라보며 아론이 쓴웃음을 짓는다.

"우리 영지도 한때는 이런 모습이었지. 안 그래?"

아론의 물음에 벨리안이 씁쓸한 미소를 짓는다.

"맞습니다. 가슴 아픈 현실이지요."

아론의 아버지 랭턴이 다스리던 에리시아 공국은 제도에 버금갈 정도로 부유한 곳이었다.

비록 황제의 직할령보다야 화려하지 않았지만, 대륙 최고의 항구도시로서 적지 않은 재화를 축적하고 있었던 것이다.

어쩌면 그렇게 부유한 영지를 가지고 있었기 때문에 랭턴이 황제 칼번에게서 버림받은 것인지도 모른다.

그럼에도 불구하고 황녀 엘레니아와 친해져야 하는 현실은 씁쓸하기 그지없다.

내성 문에 도달한 아론에게 황도군 내성 문 수비대가 이름을 묻는다.

"귀족이신 것 같은데, 어디서 오셨습니까?"

"칼리어스에서 왔네. 황녀 전하를 알현하러 왔으니 기별해 주게."

순간, 수문장이 고개를 갸웃거린다.

"칼리어스의 영주라면……."

당연히 적응이 안 될 만도 하다. 아론은 아는 사람은 다 아는 추남이었기 때문이다.

저번 엘레니아의 반응만으로도 지금 이 얼굴이 얼마나 충격적인 변신인지 잘 알 수 있을 것이다.

이제 자신을 보고 놀라는 사람들의 반응이 익숙한 모양이다. 아무렇지도 않게 명패를 내밀었다.

"자작 아론 벨런티아다. 여기 우리 가문의 인장이다."

가문의 인장은 가주가 죽지 않는 이상 그 어떤 사람이 대신 가지고 있을 수 없는 물건이다.

위임장도 없이 기사단을 대동할 수 있다는 것, 그것은 틀림없이 가주라는 소리다.

그제야 수문장이 어색하게 고개를 숙인다.

"…자작님을 뵙습니다. 먼 길 오시느라 고생 많으셨습니다."

기분이 좋지는 않지만 아론을 못 알아본다는 것은 오히려 잘된 일이다. 최소한 아론을 죽이기 위해 호시탐탐 기회를 노리던 황제파 귀족들의 이목은 피할 수 있기 때문이다.

수문장이 쉽사리 믿지 못하는 바람에 조금은 시간이 지체되었음에 붉은 매 기사단이 길을 재촉한다.

말을 타고 내성 문으로 들어선 아론은 길가에 피어 있는 들꽃을 바라보았다.

"이제 슬슬 봄인가?"

"예, 영주님. 북부는 일 년 내내 겨울이지만요."

"조금 부럽긴 하군."

이렇게 길가에 들꽃이 필 정도면 농사를 지어도 된다는 소리다. 아론은 이런 땅이 못내 아쉬울 따름이다.

그러다 문득 자신이 큰 고정관념에 빠져 있다는 것을 깨달았다.

"잠깐. 이봐, 벨리안."

"예, 영주님."

"이곳에 황토와 질 좋은 목재가 많이 나던가?"

"황토요? 황토라면……."

"지금 우리가 밟고 있는 이것 말일세."

벨리안은 당연하다는 듯 고개를 끄덕였다.

"그렇지요. 이곳은 농지로 유명한 곳이니 이런 황토야 지천에 널렸지요."

황토와 볏짚은 단열 효과가 높아서 온돌과 함께 사용하면 그야말로 금상첨화다.

아론은 무릎을 쳤다.

"내가 왜 진즉 그 생각을 못했지?"

"영주님?"

고개를 갸웃거리는 벨리안에게 아론이 다소 고무된 표정으로 말했다.

"어서 길을 재촉하자고. 겨울이 오기 전에 해야 할 일이 산더미야."

"예, 알겠습니다."

길을 재촉하는 아론의 머릿속은 이미 황토집에 대한 생각으로 가득했다.

　　　　　　　*　　　*　　　*

　검은색 큐빅 반지를 건네받은 엘레니아 황녀는 기쁨을 감추지 못했다.

　"어머나, 정말로 구해주셨군요!"

　"누구의 명인데 감히 어기겠나이까?"

　공장이 문을 닫는 바람에 심장이 철렁 내려앉은 것을 생각하면 아직도 눈앞이 캄캄한 것 같다.

　하지만 어찌 되었건 간에 목숨을 구제했으니 다행이라 해야 할 것이다.

　이윽고 엘레니아가 시녀들을 불러냈다.

　"내가 말한 물건을 가지고 오너라."

　"예, 황녀 전하!"

　잠시 후 시녀 두 명이 끙끙거리며 상자를 하나 가지고 나왔다.

　"이게 무엇이옵니까?"

　"내가 자작께 드리는 선물이에요. 부디 사양하지 말고 받았으면 좋겠네요."

　상자를 열어본 아론은 너무나 놀라 그만 뒤로 자빠질 뻔했다.

　아무리 적게 잡아도 반지 원래 값의 열 배는 넘어 보였던 것이다.

"이, 이렇게나 많은 금화를……!"

"하마터면 황태자 전하의 혼례를 망칠 뻔했던 것을 생각하면 이것도 약소하다 생각해요."

이 돈이면 영지가 몇 년을 놀고먹을 수 있을 뿐만 아니라 부동항으로 향하는 길을 뚫을 수도 있을 것이다.

아론 역시 사람, 하지만 그는 이를 악물고 돈의 유혹을 이겨냈다.

돈은 또 벌면 그만이다. 하지만 사람은 다시 사귈 수가 없기 때문이다.

"하오나 전하, 이것은 받을 수 없나이다."

순간, 엘레니아가 고개를 갸웃거린다.

"어째서 그렇죠?"

"황실에서 명령하신 일을 수행한 것이 무슨 대수라고 금화까지 하사하시옵니까? 당연한 일에 보수를 받는 것은 신하로서의 도리가 아니라고 사료되옵니다."

아론의 이런 강직한 모습에 그녀가 상당히 놀라운 표정을 짓는다.

"세상은 무릇 주는 것이 있다면 받는 것도 있게 마련 아닌가요? 특히나 이렇게 귀한 물건일 경우엔 더더욱 그렇겠죠. 아닌가요?"

엘레니아의 말에 아론은 즉각 수긍하는 듯이 말했다.

"물론 그러하옵니다."

"그런데 왜……?"

"세상이 모두 돈으로만 움직여진다면 이 나라와 황실은 도 대체 어떻게 이루어졌겠나이까? 신하가 신하 된 도리를 하지 않았다면 이 나라가 바로 설 수 없었을 것이옵니다."

아주 작은 반지 하나, 이것을 두고 나라까지 들먹일 일은 아 니지만 조금의 사탕발림은 필요한 법이다.

"소신, 전하께 진상하는 것에 대하여 대가를 바란 적이 없나 이다. 그저 소신의 작은 성의라 여겨주시옵소서."

"내가 실수를 한 건가요?"

"그럴 리가 있사옵니까? 다만 소신이 미천하여 전하의 의중 을 미리 헤아리지 못한 탓이옵니다."

"당신을 보고 있자니 제가 아주 흠모하던 분이 떠오르는군 요."

"흠모라면……."

이윽고 자리에서 일어선 엘레니아가 아론에게 조금 더 가까 이 다가왔다.

순간 아론은 좀 더 낮게 고개를 조아렸다.

너무나 갑작스러운 일이라 심장이 터져 버릴 것 같았다.

"저, 전하……!"

"고개를 드세요."

떨리는 마음으로 고개를 드는 순간, 엘레니아가 그의 앞에 목검을 내밀었다.

"이게 뭔지 아시나요?"

길이가 수련 종자들이 사용하는 목검에 비해 무척이나 짧아

보이는 목검이다.

"아마도 어린아이들의 칼싸움을 위해 만든 목검이 아닌지 싶사옵니다."

엘레니아가 고개를 끄덕였다.

"맞아요. 그런 용도로 만든 목검이죠. 제가 어린 시절에 사용하던 목검이에요."

"전하께서 목검을 말이옵니까?"

상당히 놀라운 사실이다. 황가의 여자들은 절대로 검을 수련하지 못하게 되어 있다.

장난감으로나마 이런 물건을 가지고 있다는 것은 가주인 황제의 명령을 어긴 것이나 다름없는 것이다.

그녀는 목검을 상당히 소중한 듯 쓰다듬었다.

"저에겐 어린 시절 가장 소중한 추억이 깃들어 있는 물건이죠."

아론이 보기에 목검의 손잡이 부분에는 비상하는 매가 새겨져 있는 것 같았다.

"저, 저것은……."

"맞아요. 랭턴 공께서 제가 여섯 살이 되던 해에 주셨던 검이에요. 직접 향나무를 베어와 만드셨다고 하더군요."

그제야 아론은 그녀가 왜 이렇게 자신에게 친절한 것인지 이해가 되었다.

"황궁에서 나고 자란 여자들은 이렇다 할 취미가 없어요. 그건 어려서도 마찬가지죠. 제가 황태자 군주로 답답한 생황을 하던 시절, 랭턴 공은 저의 유일한 친구였지요."

"그런 사연이 있는 줄은 꿈에도 상상치 못했나이다, 전하."

엘레니아는 아론에게 목검을 건네며 말했다.

"언젠가 랭턴 공께서 자신의 뒤를 이을 아들이 저를 도와줄 것이라고 하셨어요. 조금 오래 걸리긴 했지만 이제야 그분의 예언이 이뤄지네요."

목검을 바라보는 그녀의 표정이 상당히 무겁다.

"어린 나이였지만 그분을 잃고 나서 저는 처음으로 이별이란 것이 얼마나 아픈 것인지 깨달았지요."

"전하……."

"이제는 그분의 자제를 만났으니 다행이라 하겠어요. 하지만 더 이상 이별이란 것으로 가슴이 아프지 않기를 바랄게요."

"성은이 망극하옵니다, 전하."

황녀 엘레니아는 좋은 사람임에 틀림없다. 하지만 너무 가까이 하기엔 위험한 인물임에도 틀림없다.

황제라는 인물과 그의 측근들이 이 사실을 안다면 아마 사단이 날지도 모른다.

그러나 아버지를 기억하는 사람이 있다는 것은 무척이나 기쁜 일이다.

아론은 몇 시간이나 그녀와 함께 담소를 나누었다.

*　　*　　*

황궁의 별관, 차기 황제 카미엘이 정원으로 향하고 있다.

카미엘은 황족을 통틀어 가장 많은 재산을 가지고 있는 사람이다.

물론 그에 준할 만큼 거대한 사병을 거느리고 있다는 뜻이기도 하다.

빼어난 용모와 부드러운 말투는 상당히 매력적으로 보이지만, 그 안에는 독가시를 품고 있는 인물이다.

거기에 적에게는 절대 자비를 베풀지 않으며 경쟁 상대에게는 빈틈을 보이지 않는 치밀함까지 갖추고 있으니 그를 뛰어넘을 왕제는 두 번 다시 나오지 않을지도 모른다.

사가는 이런 그를 두고 천 년에 한 번 나올까 말까 한 군주라고 말한다.

하지만 그 역시 사랑하는 여자에겐 한없이 부드럽고 상냥한 사람이다.

아까부터 그는 엘레니아가 선물로 준 반지를 두고 안절부절못하고 있다.

행여나 그녀가 마음에 들어 하지 않으면 어쩌나 노심초사하는 것이다.

"카르미온."

"예, 전하."

"이 반지가 바로 그녀가 원하는 그 물건인가?"

"그렇게 전해 들었나이다."

"그렇군."

카미엘이 반지를 유심히 들여다보며 물었다.

"흐음, 이건 블랙다이아몬드?"

"칼리어스에서 생산된 물건이라고 하더이다."

순간, 카미엘의 얼굴이 미묘하기 일그러졌다.

"칼리어스? 그 얼음 감옥 말인가?"

"그렇사옵니다. 장벽 뒤에 다이아몬드 광산이 숨겨져 있었다고 이미 소문이 파다하나이다."

"흐음."

"조사에 착수하오리까? 분부만 내려주소서."

가만히 검은색 반지를 바라보던 황태자가 고개를 가로저었다.

"아니다. 그럴 필요 없다. 그나저나 엘레니아가 구한 것이니 양질의 반지가 확실하겠지?"

"듣기로는 최상품이라고 하옵니다."

"후후, 그럼 되었다."

황태자빈을 들이기 위해 황궁의 후원으로 걸어가는 길, 그는 한껏 설레는 표정을 지었다.

"그녀가 좋아하겠지?"

"여부가 있겠사옵니까?"

측근들과 함께 제2황태자빈이 될 그녀를 만나러 가는 길, 후원으로 가는 길 한 귀퉁이에 못 보던 청년이 서 있다.

준수한 얼굴, 게다가 건장한 체격이 예사로운 사람은 아닌 듯하다.

그곳은 여동생 엘레니아의 거처. 카미엘의 양쪽 미간이 사납게 찌그려졌다.

"이 시간에 남정네라? 누구인가?"

카미엘의 충복 카르미온은 그의 물음에 고개를 갸웃거렸다.

"아뢰옵기 송구하오나, 소신도 저런 자는 본 적이 없사옵니다."

"행색을 보아하니 귀족 같은데, 제국의 귀족 중에 저런 자가 있었던가?"

"소신이 한번 알아보오리까?"

"흐음."

아직 그녀와 무슨 일이 있었다는 증거가 없으니 무턱대고 손을 댈 수는 없는 노릇이다.

하지만 역시 여동생을 생각하는 오라비의 입장에서 가만히 있을 수도 없다.

"조용히 뒤를 캐보게."

"분부대로 거행하겠나이다."

카르미온이 카미엘의 분부에 따라 궁을 나서려는 바로 그때였다.

별궁에서 아름다운 여성이 걸어 나왔다.

"에, 엘레니아?"

순간, 카미엘은 자신의 눈을 의심했다.

이름도 성도 모르는 자의 곁으로 친동생 엘레니아가 다가서는 것이 아닌가?

"날씨가 참 좋죠?"

"예, 전하. 소신은 이런 봄에 나들이를 나온 것이 언제인지 기억도 잘 나지 않사옵니다."

"역시 나오기를 잘했네요."

"황공하옵니다, 전하."

언뜻 보기에도 두 사람은 아까부터 담소를 나누던 것으로 보인다.

더군다나 대화의 맥락으로 보아 방금 전까지 두 사람은 엘레니아의 거처에서 함께 있었다.

어쩐지 별궁 앞에 남자가 있다는 것부터가 수상쩍다 싶었다.

자세한 내막은 모르겠으나, 분명한 것은 두 사람이 침소 가까이에 있었다는 것이다.

"…감히 어느 안전이라고 내 동생을 탐해?!"

차갑게 굳은 표정으로 카미엘이 말했다.

"저놈의 모든 것을 조사해서 보고하라!"

"하오나 황녀 전하께서 아신다면 상당히 싫어하실 것이옵니다."

"지금 그것이 대수인가? 엘레니아의 기분까지 생각할 때가 아니다."

카미엘은 인상을 확 찌그러뜨렸다.

"하필이면 혼담이 오가는 이때에……!"

아이엔 왕국을 병탄하기 위한 전쟁에 황제는 중동부 연합을 끌어들이려 하고 있다.

황제 칼번은 그것을 위해 중동부 연합의 맹주 마소티아 왕국와의 국혼을 추진 중이었던 것이다.

국혼으로 맺어진 동맹은 앞으로 아이엔 왕국을 병탄한 이후에도 주변국을 잠재우는 데 아주 큰 역할을 할 것이 분명했다.

하지만 만약 이 사실이 밖으로 새어 나갔다간 동맹이고 뭐고 다 허사가 될 것이다.

제국의 앞날에 칼날을 들이대다니, 카미엘은 분노에 몸을 떨었다.

"…그 어떤 누구에게도 별궁에 사내가 들어왔다는 사실이 알려져서는 안 된다. 알겠느냐?"

"예, 전하."

"그리고 만약 정체를 밝혀내는 즉시 나에게 먼저 보고하라."

"분부대로 거행하겠나이다, 전하."

중요한 시국, 담소를 나누는 두 사람을 바라보는 카미엘의 눈에 한기가 서리는 듯했다.

5장

사람답게 산다는 것

아론은 제도에 와서 상당히 바쁘게 움직이고 있었다.

이제 곧 겨울이 다가오기 때문에 농산물과 목재의 원산지인 제도에서 살 것이 한두 가지가 아니었던 것이다.

곡식을 취급하는 상인들에게 반지를 팔아서 생긴 돈으로 주식인 밀과 쌀을 사고 말린 육포와 견과류를 사들였다.

그리고 배를 빌려 칼리어스의 입구인 웨스트우드 항까지 이동하기로 했다.

제도에서부터 웨스트우드까지는 해군들이 수시로 정찰하기 때문에 약탈당할 염려가 없기 때문이다.

"이제 남은 것은 목재와 석재뿐인가?"

벨리안은 구입할 목록을 다시 한 번 확인해 보았다.

“예, 그렇습니다. 그런데……."

목록에 적힌 것들을 유심히 살펴보던 벨리안이 고개를 갸웃거린다.

“어째서 볏짚은 사들이시는 겁니까? 아무리 칼리어스에 곡식이 안 자란다고는 하지만 장작으로 쓸 침엽수는 많습니다."

한여름에도 칼바람이 부는 칼리어스도 분명 숲은 존재한다.

고로 장작이 떨어질 걱정은 하지 않아도 된다는 것이 벨리안의 생각이었던 것이다.

하나 그것은 어디까지나 일반적인 루야나드 대륙의 지식에 의한 것이다.

“혹시 온실이라고 들어본 적 있나?"

“온실이요?"

“황토로 집을 지으면 그 온기가 상당히 오래간다네. 그 아래에 온돌이라는 것을 깔고 불을 지피면 겨울을 나는 데 문제가 없을 거야."

“온돌? 그건 또 뭡니까?"

이렇게 두루뭉술한 얘기를 벨리안이 알아들을 리가 없다.

루야나드에 구들장이라느니 아랫목이라느니 하는 개념이 존재하지 않기 때문이다.

아론은 설명은 나중에 하려는 듯 말했다.

“그런 게 있어. 그나저나 이 근방에 마법 도구 상점이 있던가?"

“아마도 저곳일 겁니다. 언젠가 아버지와 함께 와본 적이 있습니다."

아론은 추가 구입 목록에서 가장 비싼 것을 가리키며 말했다.

"라이팅 수정구를 살 만큼 금화가 남을지 모르겠군."

"다른 것도 아니고 1서클 마법인데 그렇게 비싸기야 하겠습니까?"

루멘트가 대륙의 패자로 군림할 수 있었던 것은 기마대의 압도적인 전투력 때문만은 아니었다.

그것은 바로 세계 제일의 궁정마법사단이 존재했기 때문이다.

타고난 두뇌와 자연 친화력을 이용한 마법사들은 대기 중에 흩어져 있는 기운을 응집해서 초자연적인 현상을 만들어낸다.

마법을 발동시키는 대기 중의 기운을 '마나' 라 부르며, 마법사들은 마나를 자유자제로 다룰 수 있는 특이체질이다.

치료술만 익히는 사제들과는 다르게 마법사들은 자연의 원소들을 다루는 능력을 가지고 있다.

황무지에서 불을 피우거나 빛을 만들어내고, 때론 날씨를 자유자재로 다루어 전쟁을 승리로 이끌어내곤 한다.

학자들은 마법사들을 돌연변이라고 단정 짓고 있으나, 그들이 인류 발전에 기여한 것은 틀림없는 사실이다.

하나, 이런 마법사들은 십중팔구 허약체질을 타고나는지라 마흔을 넘기기 전에 죽기 일쑤다.

아이러니하게도 자연과 가장 친한 사람들이 가장 먼저 가는 바람에 마법의 발전은 농업이나 연금술에 비해 현저히 느린 편이었다.

덕분에 마법이 가미된 물건은 비쌀 수밖에 없었다.

더군다나 실생활에 필요한 물건들은 그 값이 상상을 초월하는 경우가 허다했다.

아론은 일단 마법 도구 상점으로 들어갔다.

딸랑!

문에 달아놓은 작은 종이 울리며 손님이 왔다는 것을 알린다.

"어서 오세요."

이제 열다섯쯤 되는 소년이 아론을 맞이했다.

"라이팅 수정구를 좀 사고 싶네만."

아론의 물음에 소년이 수정구를 몇 개 꺼내어 탁자 위에 올려놓았다.

"보시는 물건들은 밝기에 따라 값이 다 다릅니다."

딱!

소년이 가볍게 손을 튕기자 수정구에서 빛이 발하기 시작했다.

"햇빛과 비슷한 정도라고 보시면 됩니다. 그러니 정통으로 계속 응시했다간 눈이 멀어버리겠지요?"

"흐음, 좋아. 이 정도면 손색이 없겠어. 개당 얼마에 줄 수 있지?"

"개당 5골드는 주셔야겠습니다."

순간, 벨리안이 버럭 호통을 친다.

"어허! 이 꼬맹이가 이분이 누구이신 줄 알고 폭리를!"

제국의 궁정마법사들이 황궁에 상주하고 있지만, 그들이 마법사들의 전부인 것은 아니다.

마법사의 특이체질을 타고난 아이들은 어려서부터 마법사들의 연구소인 상아탑에서 수련을 쌓는다.

상아탑은 마법사들의 연구소인 만큼 엄청난 양의 마법 용품이 쏟아져 나온다.

하지만 시장에 나오는 물건들은 대부분 초급 마법사들이 만든 물품으로 만드는 과정이 그리 복잡하지 않다.

부르는 값의 절반을 줘도 폭리 소리를 들을 것이다.

그러나 아론은 흥정을 하려는 벨리안을 만류했다.

"아니, 괜찮아. 그 정도는 줘야 될 거야."

"영주님, 그래도……."

"돈이 돈값을 하는 것이니 제 역할을 하는 것을 주겠지. 안 그래?"

소년은 슬쩍 미소를 지었다.

"뭘 좀 아시는 나리군요."

"값을 치르겠네. 포장해 주게."

"감사합니다."

제값을 주고 산 것이 못내 마음에 걸리는 모양인지 벨리안은 영 찜찜한 표정이다.

아론은 그런 그의 어깨를 두드렸다.

"그만 기분 풀라고. 어차피 돈은 또 벌면 되는 거니까."

"하지만……."

"우리도 이제 궁핍함에 찌든 이미지에서 벗어나야 하지 않겠어? 일반 가정의 자제들도 아니고 말이야."

앞으로 큰일을 도모하자면 짠돌이 영주 소리는 듣지 말아야 할 것이다.

덕분에 아론은 태어나 처음으로 허세라는 것을 부려보았다.

＊　　　＊　　　＊

쏴아아아!

냉풍기 바람이 시원하게 불어와 간만에 단잠에서 깨어났다.

"웃차! 잘 잤다!"

사실 몸만 잔 것이지 정신은 휴식을 취했다고 할 수가 없다.

하지만 그 느낌만으로도 몸이 풀리는 것 같다.

한껏 기지개를 켠 화수가 흐뭇한 표정으로 주변을 돌아보았다.

깔끔하게 정리된 방, 게다가 이곳저곳에 설치된 방향제 덕분에 더 이상 악취도 나지 않는다.

"역시 사람은 돈이 있고 봐야 해."

기분 좋게 자리에서 일어선 화수는 멋들어지게 정장을 빼입었다.

살이 빠지고 적당히 근육이 올라와서 그런지 거울에 비친 모습이 눈부실 지경이다.

"후후, 역시 사람은 돈을 바르면 바를수록 멋있어진단 말이야."

번쩍거리는 구두를 신고 집을 나선 화수는 아주 의연하게 봉명동 시가지를 거닐었다.

뚜벅뚜벅.

누가 보아도 부잣집 아들이나 젊은 사업가로 보일 법한 행색이다.

차가 없다는 것이 조금 흠이라면 흠이랄까? 하지만 그것은 크게 신경 쓸 바가 아니다. 얼굴이 받쳐주는데 그 누가 화수를 무시하겠는가?

화수는 무려 30분을 걸어 건축 설계 사무소를 찾았다.

딸랑!

유성에서만 무려 20년 동안 한옥만을 지어왔다는 한영건축은 이 지역에서는 꽤나 유명한 곳이다.

"어서 오세요."

총 3층 건물로 되어 있는 한영건축은 그들이 지금까지 고수해 온 것과 같이 내부가 퓨전 한옥이었다.

기존 건물과는 다르게 벽면이 모두 한지와 황토로 되어 있다.

누가 보아도 이곳이 한옥을 전문적으로 만드는 곳임을 알 수 있을 정도이다.

화수는 조금은 어색하게 주변을 둘러보다 그녀에게 말했다.

“제가 황토집을 지으려고 하는데 상담 좀 받을 수 있습니까?”

“어떤 용도로 지으실 건가요?”

순간, 화수는 머릿속에 칼리어스의 상황을 세세하게 그려보았다.

“으음, 상당히 추운 지역에 지을 겁니다.”

“추운 지역이면, 강원도요?”

“뭐, 그렇겠지요?”

주문 사항을 간략하게 적은 그녀가 이내 화수를 설계사 사무실로 안내했다.

“이쪽에서 상담을 받으시고 최종 견적은 제안서로 발송해 드리겠습니다.”

“네, 알겠습니다.”

문을 열고 들어서니 여기저기에 프라모델 같은 모형 집들이 즐비한 전경이 나타났다.

사무실 중앙에 있는 업무용 책상 위에 ‘건축가 이도형’ 이라고 새겨진 명패가 보인다.

이도형은 상당히 친절하게 화수를 맞았다.

“어서 오세요. 상담 받으러 오셨나요?”

“예, 그렇습니다.”

“이쪽으로 앉으시죠.”

그를 따라서 소파에 앉은 화수는 자신이 원하는 집에 대해 설명했다.

“아궁이를 놓을 수 있는 집을 만들고 싶습니다.”
“아궁이요?”
“제가 집을 지을 곳에 땔감이 아주 많거든요.”
“온돌을 만들고 싶으신 거군요.”
“네, 그렇습니다.”
이도형은 화수의 제안이 상당히 마음에 드는 모양이다.
“좋지요. 황토집에 구들장은요. 특히나 거기에 나무 장작을 넣는다면 더할 나위 없지요. 자고로 집이란 친환경적일수록 좋습니다.”
“그렇겠지요?”
“그럼요.”
화수는 좀 더 까다로운 주문을 한다.
“그래서 말인데, 설계도에 들어가는 모든 재료를 오로지 천연 제품을 사용해 주십시오. 콘크리트나 유리, 기와 같은 것도 안 됩니다.”
“옛날 방식 그대로 만들어달라는 말씀이지요?”
“예, 그렇습니다.”
“흐음, 그렇게 된다면 시일이 좀 걸릴 수도 있습니다. 재료를 구하는 것도 어려울뿐더러 구들장 기술자도 구해야 하거든요.”
“괜찮습니다. 그건 걱정하지 마십시오.”
그는 고개를 끄덕였다.
“좋습니다. 그럼 최대한 친환경적으로 지어보겠습니다.”

“그럼 잘 부탁드립니다.”

“최선을 다하겠습니다.”

이도형은 화수에게 명함을 한 장 건넸다.

“추가로 상담하실 일이 생기면 연락 주십시오. 그리고 팩스나 이메일 주소를 적어주고 가십시오. 평수에 따라 포트폴리오 만들어 견적서를 보내드리겠습니다.”

“알겠습니다. 그럼.”

자리에서 일어선 화수에게 이도형이 문득 질문했다.

“그런데 요즘 세상에 왜 군이 전통 방식으로 집을 짓겠다는 겁니까?”

화수는 생각할 새도 없이 곧장 답했다.

“사람답게 살아보고 싶어서요.”

“사람답게 살아보고 싶다…….”

“아무쪼록 잘 부탁드립니다.”

별것 아니라는 듯 대수롭지 않게 던진 화수의 한마디는 건축가를 깊은 고뇌에 빠지게 만들었다.

“사람답게 산다……. 아주 좋은 말이군.”

화수가 돌아간 이후에도 그는 자리에서 한동안 일어나지 못했다.

*　　　*　　　*

평행 세계선을 넘나들며 금을 가지고 오고 있었지만 화수는 항상 손해를 볼 수밖에 없었다.

유성의 금은방 주인이 사금 거래는 불법이라고 단단히 못을 박았기 때문이었다.

그러나 그것은 그의 화려한 농락에 불과했다.

바로 며칠 전까지만 해도 잘 모르고 있었지만, 금도 무조건 국가에서 주관하는 거래만 있는 것이 아니다.

비록 100% 합법은 아니지만, 금을 전문적으로 매입하는 상인들에게 판매한다면 그 자리에서 순도 측정을 받을 수도 있었다.

그렇게 해서 금을 판매한다면 지금 화수가 받고 있는 금액보다 적어도 10~20%는 더 받을 수도 있을 것이다.

한마디로 화수는 몰라서 뒤통수를 맞은 셈이다.

화가 머리끝까지 나서 금은방을 찾아갔지만, 역시 주인은 모르쇠로 일관할 뿐이었다.

해서 화수는 유성 대신 다른 곳을 찾기로 했다.

서울 종로의 금은방 상가는 전문적으로 사금(정부가 인증하지 않은 금)을 취급하는 상인들이 즐비하다.

화수는 대전에서 손해를 보며 거래를 하느니 서울까지 직접 상경해서 금을 환전하기로 했다.

금괴를 잡은 상인이 가만히 돋보기로 여기저기 돌려보더니 이내 안경을 벗었다.

"순도 측정 넣어줄 테니까 여기서 파시죠."

"얼마나 걸릴까요?"

“훗, 얼마나 걸리긴요, 금방 돼요.”

“네? 순도 측정이 그렇게 금방 끝나요?”

“요즘은 장비가 워낙 좋아서 0.1% 정도의 오차 범위를 감수하는 한에서 순도 측정을 할 수 있어요.”

“한마디로 100% 정확하지는 않다는 소리군요.”

“하지만 대략적으로는 맞아들어 갑니다. 그렇지 않으면 우리가 어떻게 장사를 해먹습니까?”

“흐음.”

“받을 겁니까, 말 겁니까?”

“알겠습니다. 받지요.”

“그럼 시작합니다.”

금은방에서도 가장 잘 보이는 곳에 놓아둔 순도 측정기에 금괴를 올리고 버튼을 누르자 순도 측정이 시작됐다.

위이이이잉.

과연 저것이 제대로 작동할지는 의문이지만 그때와 같이 터무니없는 가격을 부르지는 않을 듯하다.

잠시 후, 금괴를 꺼낸 금은방 주인이 수치를 보여주었다.

“보십시오. 캐럿으로 나타낸 눈금인데, 이 정도면 95% 정도 됩니다.”

기계가 나타낸 수치는 대략적으로 23캐럿 중후반이다. 24캐럿이 순금인 것을 감안하면 이 사람의 말이 정확히 맞다.

“오래된 금치고는 순도가 아주 높네요. 이 정도면 시세의 85%까지 드릴 수 있습니다.”

"조금 더 주실 수는 없고요?"

"이 이상은 저도 힘듭니다. 사실 아무리 개인이 이제까지 소장한 금이라고 해도 유통 루트가 불분명하면 저희가 손해를 볼 수도 있거든요. 5% 정도는 위험수당이라고 보시면 됩니다. 원래 금을 개인 거래로 수입하면 1차, 2차 손을 타면서 90%까지 가격이 떨어집니다. 이것도 수입산 금이라고 보고 거기서 위험수당을 뗀 겁니다."

"흐음."

"만약 못 미더우시면 좀 더 돌아다녀 보셔도 됩니다."

화수는 고개를 가로저었다.

"아닙니다. 그냥 팔겠습니다."

"그러시겠어요? 알겠습니다."

아무런 증서도, 하다못해 전화번호 하나 받지 않는 상인에게 화수가 물었다.

"그런데 사장님, 저를 뭘 믿고 아무런 장치도 없이 금을 매입하시는 겁니까?"

금은방 주인이 너털웃음을 지었다.

"하하, 이 장사를 하면서 신뢰가 뭐 그리 중요하겠습니까? 그저 이게 진짜 금이라는 것이 중요하죠."

"그럼 금처럼 생긴 것은 다 매입해도 된다는 소리입니까?"

"생각해 보십시오. 선생님께서 길가에 떨어져 있던 팔찌를 주웠다고 칩시다. 그런데 이게 금인 것은 확실하고 보증서는 없습니다. 그럼 순도 측정을 해서 팔면 그만입니다. 솔직히 금

에 바코드가 붙어 있는 것도 아니고 출처를 어떻게 정확히 알
겠습니까?"

"하긴……."

"금은 그냥 금입니다. 보증서는 그저 금을 파는 사람이 물건
의 진위 여부를 보증하는 문서에 불과합니다. 솔직히 순금이
라면 보증서는 필요가 없죠."

화수는 뒤통수를 한 대 후려 맞은 느낌이었다.

그렇다면 지금까지 화수는 도대체 무엇을 했던 것일까? 역
시 아는 게 힘이라는 생각이 든다.

"왜요? 금은방에 관심 있어요?"

"사장님께서 그렇게 말씀하시니 관심이 가네요."

"하하, 젊으시니 한번 도전해 보시든가요. 보석감정사 자격
증 따서 가게 하나 인수해 보면 답 나오겠지요."

"아무튼 감사합니다."

현금으로 850만 원, 금괴 두 개 값을 받은 화수는 금은방을
나섰다.

＊　　　＊　　　＊

화수는 금을 고정적으로 팔아치워 번 돈으로 처음으로 상가
매매라는 것을 해보게 되었다.

귀금속 제조, 매입 업체인 한밭당이 문을 닫으면서 급매물
로 나온 것이다.

건물 자체의 규모는 그렇게 큰 편이 아니었지만 순금 정제기를 포함하여 귀금속 취급 업체가 갖추어야 할 것은 모두 갖추고 있었다.

한밭당의 매매가는 현물 시세로 2억 5천만 원. 토지와 건물까지 모두 합친 가격이다.

대전 시가지 한복판에 60평 2층짜리 건물 가격으로 친다면 괜찮은 가격이었지만, 좀처럼 인수를 한다는 사람이 없었다.

요즘 같은 불경기에 권리금까지 줘가면서 점포를 인수하려는 이가 있을 리가 없었던 것이다.

하지만 화수에게는 안성맞춤의 매물이었다.

한밭당을 인수해서 기술만 터득한다면 금을 제값에 팔 수 있기 때문이다.

이제 막 점심이 지난 시각, 화수가 부동산을 찾았다.

"급매물로 내놓긴 했는데 금은방이 통째로 인수될 줄은 몰랐습니다. 천만다행입니다."

한눈에도 수척해 보이는 한밭당 전 사장은 억지로 미소를 짓고 있었다.

사업이 망하고 제대로 잠을 자지 못한 것이다.

이렇게 큰 사업이 망한다는 것은 이 한 사람이 망하는 것으로 끝나는 문제가 아니다.

대부분의 도, 소매상인은 한 업체가 망하면 돈을 떼인다고 생각한다.

부도를 내고 가만히 자리에 앉아 있을 양심적인 사람은 그렇게 많지가 않을뿐더러 제대로 대금을 치를 능력 또한 남아 있지 않기 때문이다.

돈은 돈대로 떼이고 장사는 장사대로 꼬이니 사업가 한 사람이 무너지는데 괜히 애먼 사람 여럿 다치는 꼴이 되는 것이다.

그렇게 치면 이 사람은 상당히 양심적인 사람이라 하겠다.

건물을 팔아 받은 돈 2억 5천만 원 중 2억은 모두 채권자들에게 넘어가고 남는 것은 겨우 5천만 원에 불과한데도 그는 도망갈 생각이 없다.

그래서 그런지 권리 양도 상수 계약을 채결하는 그의 표정이 상당히 무겁다.

화수는 그런 그에게 감사의 인사를 전했다.

"기계나 여러 시설을 싸게 매입하게 되었으니 감사하다고 말씀드려야겠군요."

"아닙니다. 안 그래도 요즘 권리금 내고 들어올 사람이 있을까 생각했는데 저야말로 천만다행이죠."

화수는 씁쓸한 미소를 지었다.

"상수 계약은 오늘 끝내고 본 계약은 내일 채결하는 것으로 하시죠. 잔금 얘기는 그때 끝내도록 합시다."

"…알겠습니다. 그럼 저는 이만……."

공인중개사는 황급히 부동산을 떠나는 그를 바라보며 혀를 끌끌 찼다.

"쯧쯧, 한때는 떵떵거리면서 외제차를 네 대씩이나 굴리던 사람이 저렇게 되다니… 역시 인생은 한 방이란 말이야.”

“그렇게나 짭짤하게 벌었습니까?”

“아이고, 그럼요! 이 근방에서는 모르는 사람이 없지요. 원래 돈이라는 것이 그렇습니다. 들어올 때는 티 안 나게 들어왔다가 나갈 때는 확 빠져나가지요.”

역시 세상은 무서운 곳이라는 생각이 새삼 든다.

일이야 어찌 되었건 이제부터는 정식으로 한밭당의 상표를 붙여서 금을 팔아먹을 수 있게 되었다.

*　　　*　　　*

금을 팔아먹자면 큐빅이 있어야 한다.

화수는 대전 신탄진 공업단지를 찾았다.

찌는 듯한 더위를 무릅쓰고 찾은 공장 단지에는 여전히 작업이 한창이었다.

대기업들의 생산 공장과 더불어 하청업체들이 즐비한 이곳은 충청의 공업중심지라고 할 수 있다.

그중에서도 플라스틱 가공품을 만들어내는 공장에 들어선 화수는 공장장에게 카탈로그를 보여주며 말했다.

“이것과 똑같이 만들어주실 수 있겠습니까?”

“큐빅 반지 말입니까? 요즘도 이런 물건이 나가긴 하는군요.”

자동차 장식품과 액세서리를 만들어내는 플라스틱 가공 공장에서 동네 뽑기 반지를 만들어내는 것쯤은 식은 죽 먹기일 것이다.

"이것과 아주 똑같기만 하면 된단 말이죠?"

"예, 그렇습니다. 여기 보시는 이 비둘기 마크까지 말이죠."

카탈로그의 마크를 본 공장장이 고개를 갸웃거린다.

"어라? 이 마크 어디서 많이 본 것 같은데?"

"이 마크를요?"

연신 고개를 갸웃거리던 공장장에게 지나가던 직원이 말을 보탠다.

"이거 신일산업 마크 아닙니까?"

그제야 공장장이 무릎을 쳤다.

"아하! 어쩐지 익숙하다 했어."

"아는 곳입니까?"

"알다뿐입니까? 얼마 전에 부도가 나는 바람에 잠적한 사람이 바로 우리학교 후배 아닙니까?"

화수는 두 눈을 동그랗게 떴다.

"그럼 이 사람의 소재도 알 수 있습니까?"

그는 화수의 질문에 고개를 가로저었다.

"공장장의 거취는 아무도 모릅니다. 사업 말아먹고 튄 놈이 어디 잘 나타나겠습니까?"

"그렇긴 하겠지요."

"다만 들리는 소식에 의하면 공장장의 아버지께서 공장을 급매로 팔아넘긴다고 하더군요. 경매로 넘어가면 제값을 받기 힘드니까요."

　공장장은 비둘기 마크를 보며 고개를 가로저었다.

　"그나저나 이 녀석 아버님도 참으로 힘드시겠어요. 요즘 누가 이런 공장을 제값이 인수한답니까? 그저 창고 값이랑 대지 값이나 제대로 받으면 그걸로 족하겠지요."

　어리석은 후배에 대한 얘기를 꺼내던 공장장에게 화수가 물었다.

　"죄송합니다만, 이 공장을 제가 사고 싶은데 방법이 없겠습니까?"

　"이 공장을 산다고요?"

　"네, 그렇습니다. 제가 이 물건으로 사업을 좀 하려고 하거든요."

　"허어! 그랬다간 분명이 망할 텐데요?"

　"괜찮습니다. 뒷일은 제가 책임집니다."

　"그렇긴 합니다만……."

　"그리고 제가 지금 인수해야 그분도 얼마간이라도 더 받으실 것 아닙니까?"

　"흐음, 듣고 보니 그렇군요. 그 어르신, 이제 연세도 지긋하신데 돈이 필요하겠지요."

　"어떻게 다리를 좀 놓아주시면 안 되겠습니까?"

　고향 후배의 아버지가 노년에 고생하는 것을 지켜볼 만큼 무심한 사람은 아마 없을 것이다.

　그는 흔쾌히 고개를 끄덕였다.

“좋습니다. 어려운 일도 아니고 고향 어르신을 위한 일인데 당연히 도와야지요.”

“감사합니다!”

“하하, 감사하긴요. 그나저나 공장을 운영하시다 혹시 그놈의 자식을 본다면 다리몽둥이를 아주 부러뜨려 주십시오.”

“그거야 걱정하지 마십시오.”

“그럼 됐습니다. 어르신께 기별해 놓을 테니까 며칠만 기다리십시오.”

“예, 알겠습니다.”

대한민국 땅이 좁다 좁다 하더니 이렇게 좁을 수가 있단 말인가?

어찌 되었건 빚 없이 공장까지 얻게 되었으니 올해는 행운이 조금 따르려는 모양이다.

＊　　　＊　　　＊

아주 뜻밖의 인연으로 연결이 된 신일산업의 전 공장장은 화수를 아주 반갑게 맞이했다.

“우리 일을 배워보고 싶다고?”

“예, 그렇습니다.”

“허허, 거참 특이한 청년일세. 플라스틱 장난감 만드는 일이 뭐 그렇게 좋다고 이 난리인가?”

“글쎄요, 묘한 매력이 있다고나 할까요?”

"매력이라……. 생각에 따라서는 그럴 수도 있겠군."

이미 부동산 계약은 끝난 상태였고, 노인은 기계를 다루는 방법을 알려주겠다며 화수를 따라왔던 것이다.

"이 기계들은 딱히 설명서가 필요 없어. 그저 같은 모양을 반복적으로 찍어내기 위해 틀을 바꾸어줘야 할 뿐이지. 나머지는 기계가 다 알아서 해."

실제로 큐빅 반지를 만드는 일은 무척이나 간단해 보였다.

기계에 원료를 넣고 버튼을 누르면 기계가 작동하고, 약 5분 후에는 따끈따끈한 큐빅이 완성되어 나왔던 것이다.

노인은 기계를 바라보며 감회가 새롭다는 듯이 말했다.

"원래 이 제조기를 만들기까지 상당히 오랜 시간이 걸렸지. 원터치로 이렇게 정교한 큐빅을 만든다는 것은 그렇게 쉬운 일이 아니니까."

이 공장에 있는 모든 것은 노인이 젊음을 바쳐 이뤄놓은 소중한 것들이었다.

"어차피 이 사업이 사양길로 치닫고 있다는 것을 알고는 있었지만, 이렇게까지 빨리 망할 줄은 몰랐네. 하여간 아들놈이 뭔지……."

"그 일은 유감입니다."

노인은 고개를 저었다.

"아니, 아닐세. 그나마 지금 자네를 만났으니 다행이지. 그놈이 좀 더 가지고 놀다 공장을 아무 데나 팔아먹었으면 어쩔 뻔했어?"

공장 소유가 노인의 앞으로 되어 있지 않았다면 이나마도 건지지 못했을지도 모른다.

"아무튼 내 할 일은 여기까지인 것 같아. 나머지는 이제 자네가 직접 부딪쳐 보면서 배우라고."

"예, 알겠습니다."

자신의 할 일을 모두 끝내고 멀어져 가는 노인에게 화수가 깊게 고개를 숙였다.

그리고 그는 공장 구석에 빼곡히 쌓여 있는 큐빅 자루를 바라보았다.

"후후, 저 정도면 성을 몇 개는 살 수 있겠어."

이제 남은 것은 만들어놓은 것들을 어떻게 대량으로 옮기는가 하는 것이다.

어찌 되었건 돈을 벌 수 있는 기반을 마련했으니 앞으로는 어떻게 쓰느냐가 관건이었다.

THE LORD OF FANTASY
6장
영지를 발전시키다

　화수가 한밭당을 인수한 가장 큰 이유는 평행 세계선 너머의 금괴를 이곳에서 제값을 주고 팔기 위해서다.

　하지만 보석세공사와 같은 사람을 굳이 기용하지는 않았다.

　금괴야 순도 측정을 받아 통째로 녹여 다시 골드바로 만들어 직인을 찍으면 그만이었기 때문이다.

　다만 이것을 가능하게 해줄 감정사는 필요했다.

　서울에서 판매직에 종사했다는 20대 중반의 여성을 고용한 화수는 단 두 가지를 당부했다.

　첫째, 도둑이 들지 않게 할 것, 그리고 정시에 출근해 정시에 퇴근하는 것이었다.

　절대로 너무 열심히도, 시키지 않은 짓은 하지 말라고 당부했다.

서울 세공소에서 가지고 온 물건들을 진열해 놓은 화수는 다시 한 번 그녀에게 신신당부했다.

"절대로 무리해서 일하지 마십시오. 그냥 오는 손님에게 반지를 팔고 문단속만 철저히 하십시오."

"네, 알겠습니다."

"좋습니다. 그럼 저는 이만 나가보겠습니다."

금은방을 나서려던 화수가 깜빡했다는 듯 고개를 돌렸다.

"아참, 오늘 오후에 서울에서 금괴가 올 겁니다. 여기서 팔 것이 아니니 증서만 잘 관리해 보관해 놓으십시오."

적당히 일하고 퇴근하라는데 싫어할 사람은 없을 것이다.

그래도 월급은 꼬박꼬박 주겠다는데 누가 싫어하겠는가?

하지만 그녀는 뭔가 조금 불만인 듯했다.

"그런데 사장님, 질문이 있어요."

"뭔데요?"

"왜 자꾸 열심히 하겠다는 사람을 말리는 건가요? 저로서는 인센티브가 많은 것이 좋은데 말이죠."

"많이 팔면 좋죠. 하지만 튀는 행동은 하지 말라는 겁니다."

"왜요?"

굳이 화수가 이름 있는 금은방을 인수한 것은 그저 골드바를 제값에 팔아먹기 위함이다.

그렇게 하기 위해 런던 금시장에서 인증을 받아들여 오고는 있지만, 자칫 잘못했다가 금의 출처에 대한 의혹이 생길 수도 있기 때문이다.

때문에 화수는 최대한 조용히 장사를 하려는 것이다.

그러나 화수는 그녀에게 진실 대신 딴소리를 했다.

"너무 튀면 경쟁 업체에서 어떤 짓을 할지 몰라서 그러는 겁니다. 그저 아직 한밭당이 안 망했다는 것만 알리면 됩니다. 그러니 절대로, 절대로 시키지 않은 일은 하지 마십시오."

그제야 그녀가 작게 고개를 끄덕였다.

"일단… 알겠어요."

화수는 마감 시간에 돌아오겠다는 말만 남기고 황토집 건설 현장으로 향했다.

*　　　*　　　*

전통 방식으로 집을 짓는 일은 그리 간단한 일이 아니다.

우선 벽돌을 만드는 것부터가 쉽지 않다.

벽돌 틀에 황토를 붓고 짚단과 수수풀을 넣고 섞어 실온에 잘 건조시킨다.

단단해진 벽돌을 황토를 바르면서 올리는데, 골조는 역시 통나무로 한다.

그리고 난 후에는 지붕을 얹을 대들보를 만들고 바닥에는 온돌을 놓는다.

뚝딱뚝딱!

지금은 황토 벽돌로 벽을 세우고 바닥에 구들을 놓는 작업이 한창이다.

　화수는 한여름의 폭염이 무색하도록 혼신의 힘을 다하는 장인의 옆을 졸졸 따라다니며 현장을 세세히 관찰했다.

　황토로 집을 짓고 그 아래에 구들을 놓는다는 것은 말처럼 간단한 일이 아니었다.

　잘못하면 바닥이 주저앉기 십상이고 열전도가 제대로 되지 않아 집을 지으나마나 하는 상황이 수시로 일어나기 때문이다.

　전통 방식의 구들장을 만드는 과정은 이렇다.

　우선 방바닥이 될 곳을 평평하게 만든 후 방수 턱을 만든다. 그리고 목재를 넣고 불을 피울 아궁이 자리를 만든다.

　이렇게 되면 이제 아궁이에서 피운 연기가 바닥을 돌아다닐 수 있도록 방고래라는 것을 만들게 된다.

　바닥에서 구들장까지 연기가 지나갈 공간을 만들기 위해 고래 둑을 쌓고 방고래 안의 연기가 만나게 하기 위해 '개자리'를 판다.

　그리고 개자리 한구석을 위로 올려 굴뚝을 만들어 종국에는 연기가 집 밖으로 배출되는 것이다.

　이제 남은 것은 구들을 놓고 바닥을 완성하는 일이다.

　우선 함실아궁이 위에 구들을 놓아 기준을 잡는데, 이것을 더러 머릿돌을 놓는다고 한다.

　머릿돌을 따라 구들을 올리고 울퉁불퉁한 부분이나 연기가 새어 나오는 부분은 황토로 마감하게 되는 것이다.

상당히 느리고 힘든 작업이지만 온열 효과 면에서는 세계 어느 것보다 뛰어난 것이 바로 이 구들장이다.

화수는 첫날부터 장인들을 따라다니며 온몸으로 현장을 체험하고 또한 노하우를 배웠다.

하루 이틀 만에 터득될 기술은 아니지만 이것만으로도 온실을 만들 수 있는 기틀은 마련한 셈이다.

*　　　*　　　*

방 안으로 연기가 새어 나오지 않는 것을 확인한 후 최종적으로 집을 완성한 화수가 바닥에 벌러덩 누워본다.

"어이쿠, 좋다!"

땀 흘려 무언가를 만든다는 것이 이렇게 기쁜 일이었다니 예전에는 미처 몰랐다.

황토집이 물에 약하긴 하지만, 눈이 많이 쌓이는 대관령에서도 황토로 집을 만들 정도이니 걱정할 필요는 없을 것이다.

다만 극지방의 지형을 고려하여 단열제와 이중벽을 쌓아야 하기에 칼리어스에서 시공하기엔 더욱 힘들지도 모른다.

하지만 이것으로 영지가 따뜻할 수만 있다면 그것으로 족하다고 생각했다.

머리털 나고 처음 화수는 사람이 사람답게 사는 것이 무엇인지 깨닫고 있었다.

　　　　　*　　　　*　　　.　　*

　시기상으로 루야나드 대륙은 봄의 초입에 닿아 있는 상태였다.

　하지만 칼리어스의 특성상 아직도 때때로 눈보라가 몰아치고 있었으며, 한 달 내내 해가 뜨지 않는 '블라인드 블리자드' 현상이 계속되는 때도 있다.

　이렇게 악조건 속에서 겨울이 온다면 눈보라는 더욱 심해질 것이고, 분명 올 겨울은 유난히도 추울 것이라 예상되었다.

　아론은 봄부터 시작하여 방대한 양의 월동 준비를 끝낼 계획을 세웠다.

　영주성의 지하, 사상 처음으로 500명이나 되는 영지민이 부역에 동원되었다.

　사냥으로 먹고사는 영지민에게 장기 공사는 상당히 부담스러운 일이었지만, 함께 먹고살자는 취지였기에 기꺼이 참여하였다.

　물론 아론이 벌어온 돈으로 무료 배급을 한다는 조건이 있었기에 가능한 일이었다.

　단상에 오른 아론이 영지민에게 당장 오늘부터 시행할 공사에 대해 설명했다.

　"지금 보고 있는 이것들이 바로 황토 벽돌이다. 자네들이 생각하는 벽돌보다는 강도가 다소 떨어지겠으나 보온, 단열 기능이 우수하다. 고로 석재 벽돌로 1차 마감을 하고 황토로 최

종 마감을 한다면 올 겨울은 아주 따뜻하게 날 수 있을 것이
다.”

　아론은 나무로 만든 거푸집에 황토와 벼, 그리고 수수풀을
섞는 과정을 직접 시현해 보였다.

　“이렇게 황토와 짚단을 섞으면 단열 효과는 배가 된다. 여기
에 수수풀을 섞으면 강한 눈보라에도 끄떡없는 벽돌이 되는
것이지.”

　이제까지 벽돌은 오로지 석재로 만드는 값비싼 물건이었기
에 영지민들은 이게 과연 무슨 제조법인가 싶었다.

　하지만 아론이 망치로 벽돌을 두드리는 순간 환호성이 들렸
다.

　“잘 봐라.”

　까앙!

　“오오!”

　“이 정도 강도라면 집을 짓는 데 충분할 것이다. 더군다나
일 년 내내 토지가 녹을 일이 없는 칼리어스에서 황토 벽돌은
오히려 석재 벽돌보다 나을 것이다. 습기가 덜 마른 상태에서
황토로 집을 지은 후 짚단과 묽은 황토로 마감하면 바람이 새
어 들어올 틈이 없지.”

　흙으로 집을 짓는 것이 석재보다 유리한 것은 자재의 변형
이 쉽다는 것이다.

　눈썰미가 어느 정도만 있다면 한두 번 공사에 참여하는 것
만으로도 충분히 혼자서 집을 지을 수 있을 정도였다.

"이렇게 벽돌과 나무로 기초 공사를 마친 후 바닥은 이렇게 마감한다."

아론은 장인들에게 직접 배운 구들장의 설계에 대해 설명했다.

"장작불이 만들어내는 온기를 방 안으로 전달해서 더운 공기를 만들어내는 방식이다. 굴뚝의 효율보다 몇 배는 좋을 것이다. 게다가 이것을 이용해서 물을 끓일 수도 있을 것이며 음식을 해먹는 데 아주 유리할 것이다."

어차피 불을 이용해서 난방을 하는 것이라면 빵이 주식인 칼리어스에서는 아주 잘된 일이라 할 수 있었다.

더군다나 사냥이 주업인 칼리어스의 가정집은 하품질의 고기를 비축해 놓기 때문에 아궁이를 이용해 훈제 육포를 만들 수도 있었다.

여러모로 아궁이라는 것은 영지에 큰 변화를 일으킬 것이다.

아론은 설명을 모두 끝내고 방한 용품을 나누어 주었다.

"몬스터의 가죽과 털로 만든 물건들이다. 개인당 하나씩 지급되며, 공사가 끝날 쯤에는 그대들의 자식에게도 하나씩 지급될 것이다."

칼리어스는 몇백 년간 몬스터를 막아내고 사냥을 하느라 대장간 기술이 상당히 발달한 편이다.

무쇠처럼 질긴 몬스터 가죽 재단은 오로지 극지를 버티는 칼리어스만이 가능했다.

무게가 조금 나가긴 하지만 바람이 뚫고 들어올 수 없다는 것은 작업 환경을 최대한 보장할 수 있다는 소리다.

아론은 방한 용품과 함께 몬스터 가죽으로 만든 천막을 지급했다.

"다섯 명이 하나의 집을 담당하고 쉼터 하나를 제공한다. 그렇게 넓지는 않지만 모닥불을 피우면 참을 먹는 중간마다 휴식을 취할 수 있다. 한 시간 작업에 10분 휴식을 엄수할 것이며, 해가 지면 무조건 철수한다."

대부분이 야행성인 몬스터들이 언제 습격할지 모르는 일이니 밤에는 큰 소리를 내는 것은 바람직하지 못하다.

아무리 따뜻한 잠자리가 좋아도 목숨보다 중요하지는 않은 것이다.

"이 모든 사항을 숙지하고 기사들을 따라 공사를 시작한다."

아론의 총지휘 아래 칼리어스 사상 초유의 대공사가 시작되었다.

＊　　＊　　＊

이미 아론과 함께 온실을 한 번 만들어본 기사들은 인부들을 데리고 다니며 각 현장을 지휘했다.

"땅을 평평하게 하라. 그리고 나무로 집의 형태를 잡는 작업은 정확히 재단하는 것이 중요하다."

"예, 나리."

남자들은 무거운 목재를 쌓거나 벽돌을 나르고 여자들은 땅을 평평하게 만들고 벽돌의 빈 부분을 채워 나갔다.

대부분이 이곳에서 함께 나고 자란 사람들이라 손발도 아주 척척 맞았다.

기사들은 아론이 주고 간 모래시계로 작업 시간을 엄격히 준수했다.

"휴식이다. 모두 10분간 휴식한 후 작업한다."

"하지만 나리, 아직 못 끝낸 부분이 있습니다."

"아니다. 영주님의 명령이니 무조건 휴식을 취해야 한다. 어서 막사 안으로 들어가라."

"예, 알겠습니다."

네모난 벽돌을 동그랗게 놓고 그 위에 철판을 올려 열기를 발산하도록 한 천막 안은 상당히 훈훈했다.

여기에 주전자를 가져다 놓고 아론이 직접 캐온 암칡을 넣어 끓여 천연 갈근탕을 계속적으로 마시게 하였다.

"그나저나 영주님은 이런 신기한 것들을 도대체 어디서 알아오셨답니까?"

"글쎄, 그건 나도 모르지."

휴식 간에 기사가 남자들에게 징집에 대한 얘기를 꺼냈다.

"혹시 이 중에 입대를 신청하고 싶은 사람이 있는가?"

"입대요?"

"알다시피 우리 칼리어스는 징집 제도를 기본으로 하고 있지 않는가?"

"예, 그렇습죠."

"한데 영주님께서는 이번 공사가 끝나는 대로 징집 제도를 개선한다고 하시더군."

"그럼 세 가구당 1인 징집은 어떻게 되는 겁니까?"

"징집이 사라지고 지원 제도로 개편한다고 하시네. 월급은 지금의 열 배, 전투를 치르면 생명수당까지 나온다고 하더군."

"여, 열 배요?"

병사들의 평균 월급은 5실버가 채 되지 않는다.

제도의 농부들이 1년에 10골드를 버는 것에 비해 상당히 비루한 월급이지만, 칼리어스에서는 가난하게나마 먹고살 수 있을 정도이다.

그런데 지금 월급의 열 배라니, 이 정도면 칼리어스에서는 꽤난 짭짤하게 잘 번다는 소리를 들을 수 있다.

"지원하겠습니다!"

"정말인가?"

"나리도 남아 계시는 것이죠?"

"물론이지. 나는 훈련교관으로 남을 생각이다. 나 역시 칼리어스의 가신이 아닌가?"

"그럼 저도 갑니다."

동네가 하도 좁다 보니 다들 얼굴이 익숙한 사람들이다. 고생도 친한 사람들끼리 함께하는 편이 나을 것 같다는 생각인 모양이다.

"알겠네. 영주님께 그리 전하지. 아무튼 잘해보세나."

"예, 나리."

모래시계의 모래가 다 떨어졌다.

기사가 몬스터 가죽장갑을 손에 다시 끼우며 말했다.

"이제 슬슬 시작하지. 앞으로 두 시간 뒤에는 점심을 먹어야 하니 열심히 하게. 공사가 늦어지면 우리의 잠자리가 완성되는 시기도 그만큼 늦어지는 것이니."

"예, 알겠습니다."

영지민들은 그 어느 때보다 열심히 일에 열중했다.

＊　　＊　　＊

아론은 지금까지 보석을 팔아 모아둔 돈을 거의 다 영지민의 복지에 썼다.

하지만 그것보다 더욱더 시급한 것이 바로 장벽을 보수하고 공성장비를 만드는 일이었다.

저번 아이스트롤의 공격 때 허물어졌던 장벽은 궁정마법사단이 대충 보수만 해놓은 상태였기에 언제 또 무너질지 알 수 없었다.

영지 내의 장인들을 불러 모은 아론은 양질의 목재와 석재로 추가 방벽을 만들 것을 명령했다.

다른 구역들과 달리 살짝 얇아 보이는 얼음 장벽 뒤로 석재와 흙을 섞은 후 나무를 받쳐 단단히 할 계획이다.

“어차피 마법사들이 해놓은 작업과 우리가 할 작업은 비슷하네. 장벽의 강도를 높이는 일이니 특별히 신경 써야 할 걸세.”

“예, 알겠습니다요.”

아주 기본적인 공사지만 생각보다 그리 간단해 보이지는 않는다.

깨지지 않은 장벽이야 몇백 년 동안 눈보라가 쌓이고 쌓이면서 단단해졌다고는 하지만, 1구역의 장벽은 그것을 처음부터 다시 만드는 것이었기 때문이다.

“일단 이것을 마무리하고 나면 1차로 보고해 주게. 대략적으로 얼마나 걸리겠는가?”

“흐음, 한두 달이면 끝날 것 같습니다.”

“두 달? 그것보다 빨리 끝날 수는 없는 건가?”

“워낙에 높이가 있는 작업이다 보니 그게 좀 힘들 것 같습니다요.”

아론은 가만히 장벽을 올려다보다가 문득 좋은 생각이 났는지 무릎을 쳤다.

“만약 장벽 뒤에 기다란 틀을 만들어놓는다면 작업이 좀 더 수월하지 않겠는가?”

“틀이요?”

주변에서 돌멩이를 주워 든 아론이 땅바닥에 그림을 그려나가기 시작했다.

“보게, 이렇게 장벽 뒤로 일렬로 틀을 만드는 걸세. 그리고 그 안에 내용물을 부어 얼려 버리는 거지.”

“오호라, 그런 방법이 있었군요.”

“하지만 이 많은 양을 언제 다 장벽 위로 올리고 있답니까?”

“혹시 도르래 원리라고 들어봤는가?”

“도르래요?”

“동그란 원형 바퀴에 줄을 매달고 거기에 물건을 실어 올리는 것이지. 이렇게 하면 몇십 배는 족히 힘을 절약할 수 있지. 게다가 굳이 높은 곳까지 사람이 물건을 실어 나를 필요도 없어.”

“과연……!”

“설계도는 내가 내일까지 완성해 줄 테니 자네들은 나무를 재단해 주게. 어떤가? 할 수 있겠는가?”

“물론입니다요!”

자신들의 안위를 지키는 일에 수당까지 주는 데다 고생도 덜하게 생겼으니 장인들로서는 나쁠 것이 없는 제안이다.

대장장이들과 목수들은 오랜만에 신이 나서 작업 현장으로 향했다.

*　　*　　*

화수는 인터넷에서 거중기의 설계도를 구해다 프린트했다.

그리고 투석기와 노포에 대해 알아보는 한편, 각가지 트랩에 대해 알아보았다.

아무리 장벽을 튼튼하게 만들어도 몬스터들이 다시 쳐들어 오면 언제 장벽이 무너질지 모르기 때문이다.

중세 전쟁사를 유심히 살펴보고 그것을 프린트하는 화수에게 보석감정사 정지희가 다가와 물었다.

"독특한 취미를 가지고 계시네요. 그런 것들은 다 모아서 뭐 하시게요?"

"제가 전쟁을 좀 좋아해서 말입니다. 그것도 총과 폭탄이 없는 중세시대 전쟁이요."

"참 고상한 취향이시네요."

화수가 프린트한 양이면 논문을 내도 충분할 판이다.

정지희는 고개를 가로저었다.

"그렇다고 해도 이렇게 많이요?"

"제가 원래 취미에 한번 맛들이면 끝장을 보는 성격이라서요."

"그렇군요."

남자들이 이렇게 취미에 집착하는 것을 정지희는 도무지 이해를 할 수 없다는 표정이다.

"사장님의 사생활에 제가 간섭할 것은 아니지만, 그러다간 연애 한번 못하고 늙을 수도 있어요."

"어차피 못한 것, 좀 더 기다려 보죠, 뭐."

순간, 정지희가 화들짝 놀라 물었다.

"서, 설마 모태솔로?!"

"그렇습니다만, 뭐가 잘못되었습니까?"

"아, 아니요. 그런 것은 아니고……."

정지희는 화수기 모태솔로라는 사실에 적지 않게 놀라는 눈치였다.

수술한 티가 하나도 안 나는 화수의 얼굴은 누가 보아도 자연산이라고 믿을 정도다.

게다가 능력까지 좋은 남자가 모태솔로라니, 믿기 힘든 것도 무리는 아니다.

그녀는 그런 화수에게 조심스럽게 물었다.

"저, 이런 말씀 드리면 실례인 것은 알겠는데……."

아무래도 말끝을 흐리는 것을 보니 이상한 질문을 하려는 것 같다.

화수는 그런 그녀의 억측을 단번에 잘라 버렸다.

"어떤 것이 궁금한 것인지 알겠는데, 저는 지극히 정상입니다. 남자보다는 여자가 좋군요."

"그, 그래요?"

오지랖이 넓은 그녀와 더 이상 얘기를 하다간 무슨 말이 나올지 모른다.

"아무튼 저는 이만 들어갑니다. 퇴근 시간 되면 문 닫고 가십시오."

"예, 알겠습니다."

얼렁뚱땅 넘어가는 화수에게 그녀는 아직도 의구심이 남은 모양이다.

"아무래도 이상하단 말이야."

그녀는 멀어지는 화수를 바라보며 연신 고개를 갸웃거렸다.

*　　　*　　　*

가정집의 황토벽이 거의 완성될 즈음, 목수들은 화수가 가지고 온 설계도를 이용해 거중기를 만드는 데 성공했다.

다산 정약용이 고안한 거중기는 실제로 수원 화성을 쌓는 데 이용하였으며, 아직까지 그 효율성으로는 따라올 것이 없다고 평가 받는 물건이다.

거중기를 빙벽의 중간중간에 설치하고 목재로 장벽을 받치는 부목을 만들었다.

거중기로 통나무를 올린 후, 장벽을 관통시킬 수 있는 대못을 박았다.

쾅, 쾅!

대못을 박는 데는 공성망치가 이용되었다.

이렇게 대형 장비들로 작업하다 보니 마법이 없어도 성벽 보수가 아주 수월하게 진행되었다.

겨우 나흘 만에 목책을 모두 쌓았고, 닷새째에는 목책의 빈틈을 모두 채울 수 있었다.

다시 한 번 내용물의 점도를 확인하고 만약 내용물이 흘러내리는 곳이 있다면 보강 공사를 진행했다.

장인들은 자신들이 직접 만들어놓고도 적지 않게 놀라는 눈치였다.

"이야, 끽해야 닷새라니, 소인은 이 공사가 올해 안에는 끝이 날까 했습니다요."

"후후, 그렇게 오래 성벽을 놓아두었다간 우리가 어떻게 될지 모르는 일 아닌가?"

"헤헤, 역시 영주님은 대단하십니다요."

"별것 아닐세."

모두 흙 범벅이 되었지만 얼굴에는 아주 환한 미소가 지어져 있다.

옷에 묻은 흙을 모두 털어낸 아론에게 한 소년이 달려왔다.

"영주님, 지금 구들장을 놓는대요."

"알았다. 가자."

소년을 따라 현장으로 가보니 고래 둑을 쌓을 준비를 하고 있다.

가장 중요한 시공인 구들장 작업은 아론이 직접 시범을 보이기로 했던 것이다.

"잘 보게. 이렇게 아궁이 자리 위에 머릿돌을 놓아 기준을 잡는 거야."

아론이 구들장을 옮기려는데 기사들이 따른다.

"저희가 하겠습니다."

"좀 부탁하지."

이윽고 아론이 기사들과 함께 구들장의 머릿돌을 놓았다.

"자, 이렇게 구들을 놓으면 되는 걸세. 쉽지?"

"예, 알겠습니다."

아론을 시작으로 청년들이 구들을 놓자 평평한 바닥이 완성
되었다.

"이제 장작을 피워 굴뚝으로 연기가 잘 나가는지, 또한 새는
곳은 없는지 확인해 보자고."

툰드라 지역에서 베어온 나무를 말려 만든 장작을 아궁이에
넣고 불을 붙이고 20분이 지나자 굴뚝으로 뭉게뭉게 연기가
피어오른다.

그런데 방 한구석으로 연기가 새어 나오는 것이 보였다.

"보이는가? 저곳이 바로 구멍이야. 저기에 황토를 덧바르도
록 하게."

"예, 영주님."

청년이 구멍을 메우자 이제는 더 이상 연기가 새어 나오지
않는다.

"이제 되었네. 다들 이쪽으로 들어와 보도록 하지."

아론을 따라 구들장 위로 올라온 청년들이 화들짝 놀라 외
쳤다.

"따, 따듯하다!"

"오오! 발이 시리지 않아!"

가정집 안에서도 털신을 신는 것이 기본인 칼리어스에서 발
이 시리지 않다는 것은 꿈에서나 가능한 일이다.

아론은 이제 지붕을 올릴 것을 명령했다.

"이제 이 집은 지붕을 올리고 마무리하게. 나머지는 내가 알
려준 대로 시공하게."

"예, 알겠습니다!"

태어나 처음으로 따뜻함을 느끼는 영지민들은 거의 축제 분위기였다.

*　　*　　*

이제 성벽도 모두 보수하고 집고 다 지었으니 이제는 공성 장비를 만들 차례다.

질 좋은 목재에 툰드라 지방 특유의 질긴 나무껍질로 만든 동아줄은 투석기를 만들기에 아주 안성맞춤이었다.

게다가 탄성과 강도가 남다른 대형 몬스터의 힘줄로 노포의 활시위를 만들기로 했다.

지렛대의 원리를 이용하는 트레뷰셋은 아직 루야나드에서는 사용하는 국가가 없었다.

더군다나 루멘트는 궁정마법사가 있기에 굳이 무겁고 큰 투석기를 사용할 필요가 없었던 것이다.

장인들은 이런 물건을 처음 본다는 표정이다.

"신기하군요. 이런 원리로 돌을 날리다니."

"모르긴 몰라도 우리 영지 방어의 중추적인 역할을 할 걸세."

다소 복잡하긴 했지만 오우거 힘줄이 탄성을 높여주기 때문에 트레뷰셋의 위력은 엄청날 것이다.

나무로 만든 부품들을 몬스터 힘줄로 엮어 완성시켰다.

건물 4층 높이의 트레뷰셋에 올릴 돌은 주변에서 가장 쉽게 구할 수 있는 빙석 조각이었다.

기다란 투석기 팔의 끝에는 무거운 추를 매달았고, 그것을 당겨 고정시키는 것은 도르래를 이용한다.

이제 처음으로 만든 투석기의 위력을 시험하기 위해 아론이 직접 도르래 손잡이를 돌렸다.

끼리리릭!

도르래 끝을 고정 틀에 단단히 묶어둔 아론은 빙석 조각을 올린 후 고정 핀을 힘껏 내려쳤다.

"허업!"

까앙!

이윽고 무게추가 아래로 내려가면서 빙석 조각이 하늘을 가른다.

휘이이이잉!

쾅!

빙석 조각이 날아가 나무숲에 떨어지는데, 침엽수가 산산조각이 나버렸다.

투석기의 위력을 두 눈으로 감상한 장인들이 박수갈채를 보냈다.

"오오!"

"대단하십니다! 어떻게 이런 물건을……!"

"다 우리의 영지를 위한 일이 아닌가? 앞으로 나는 무엇이든 더 만들어낼 걸세."

이제부터 본격적으로 공성장비를 양산하게 되면 몬스터의 위협으로부터 조금 더 안전해질 것이다.

*　　　*　　　*

현재 칼리어스의 주둔 병력은 300여 명이다.

거기에 기사단 다섯 명이 전부이니 또다시 대형 몬스터가 쳐들어온다면 후일을 도모할 수 있을지 의문이다.

아무리 성벽이 단단해도 싸울 병력이 없다면 무용지물이기 때문이다.

영지 내의 인구는 총 2000명, 그중에 아녀자와 노인, 아이들을 제외하면 약 500명의 청년과 소년이 있다.

아론은 공사가 끝나갈 즈음 영지 내부에 공고문을 내렸다.

현재의 편제는 유지하되 제대를 원하는 자는 제대를 시키고 새롭게 군사를 모집하는 것이었다.

그리하여 모든 병사는 오로지 직업군인, 월급을 받는 전문직만 남게 되는 셈이다.

병사들은 현재 월급의 열 배를 지급하고 전투 수당까지 따로 지급할 계획이다.

덕분에 군에서 제대하는 자는 거의 없었고, 300명부터 다시 모집이 시작되었다.

"각자 지원하는 병과를 정하고 이쪽으로 줄을 서시오!"

모집 담당관이 창병, 궁병, 기병을 나누어 입대 심사를 하는 중이다.

말을 다룰 줄 아는 사람은 대부분 기병으로 지원했고, 전투 경험이 없는 사람들은 궁병과 창병에 지원했다.

끝도 없이 줄을 선 행렬을 바라보며 아론이 벨리안에게 말했다.

"이들을 훈련시키는 데 얼마나 걸리겠는가?"

"정병 육성이 그리 쉬운 것은 아닙니다만, 대부분 전투 경험이 아주 없지는 않으니 석 달이면 족할 겁니다."

"석 달이라……."

"그 정도면 성 내부에서 몬스터를 막아내는 데 전혀 문제가 없겠지요?"

아론은 고개를 가로저었다.

"아니, 그것으로는 안 된다. 지금부터 우리는 성문 밖에서 전투를 할 수 있는 정병 육성을 목표로 한다."

벨리안이 화들짝 놀라 물었다.

"서, 성 밖이라니요? 지금 장벽을 나가시겠단 말씀입니까?"

"어쩔 수 없어. 이대로라면 몇 년 버티지 못하고 다 아사하고 말아. 지금도 끼니도 제대로 못 때우는 사람이 태반이잖아?"

"하지만 그렇다고 영지 밖으로 나가는 것은 자살 행위나 마찬가지입니다."

"죽어도 가야 한다. 누군가는 부동항까지 가는 길을 닦아야 해. 그렇지 않으면 우리 영지의 미래는 없어."

결연한 의지를 보이는 아론에게 벨리안이 말했다.

"그러나 우리에게는 제대로 된 무기도 없지 않습니까?"

"지금부터 만들어야지. 자네가 병사들을 훈련시키는 동안 나는 자금과 무기들을 만들어내겠어. 그럼 공평하지?"

"영주님……."

"나를 믿어. 우리가 살아날 방법은 오로지 이것뿐이야."

벨리안은 아론에게 고개를 숙였다.

"알겠습니다. 명령만 내리십시오."

그는 매번 기적을 만들어내는 아론을 믿어보기로 했다.

THE LORD OF FANTASY
7장
군자금을 모으다

이른 아침, 화수의 공장 앞에 용달차가 멈추어 섰다.

목장갑을 낀 화수가 용달 기사와 함께 트럭의 짐칸에서 여기저기 녹이 슨 뽑기통을 내려놓았다.

여덟 개나 되는 뽑기통을 땅바닥에 내려놓은 화수가 용달 기사에게 용달 대금을 건넸다.

"여기 4만 원입니다."

"항상 고맙네."

가끔 용달을 사용할 일이 생기면 거래하는 용달 기사이다.

이제는 화수와 꽤나 안면이 생긴 그가 뽑기통을 손으로 툭툭 치며 물었다.

"그런데 이것들은 사서 뭐하려는 건가? 더군다나 녹이 많이 슬어서 누가 거들떠나 보겠어?"

"다 쓸모가 있습니다. 저에게 꼭 필요해서 산 겁니다."

"그런가?"

가끔 이해할 수 없는 행동을 하는 화수이기에 그는 그러려니 한다.

"아무튼 다음에도 꼭 불러주게."

"예, 그럼."

용달차가 떠나고 난 후 화수는 공장 구석에 앉아 뽑기통을 모두 분해하기 시작했다.

상당히 오래된 뽑기통에서는 벌레의 시체와 먼지가 섞여 나온다.

"쿨럭!"

도대체 언제부터 방치한 것인지 가늠할 수 없을 지경이다.

화수는 이것들을 모두 고물상에서 개당 만 원에 주고 샀다.

조금 엉뚱한 발상이긴 하지만, 마땅한 여흥거리가 없는 루야나드에 뽑기통을 놓으면 어떨까 하는 생각을 했던 것이다.

하지만 막상 분해를 해놓고 보니 뽑기통을 만든다는 것은 생각보다 그리 간단한 일이 아니었다.

일단 뽑기통의 속이 보기보다 꽤나 복잡했던 것이다.

더군다나 크기와 종류에 따라 그 내부가 다 다르게 생겨서 딱히 무엇 하나를 모델로 삼기도 참 애매했다.

"어렵네, 이거."

화수는 당장 인터넷을 이용하기로 했다.

스마트폰으로 천천히 인터넷을 살펴보니 죄다 영유아들을 위한 장난감뿐 제대로 된 뽑기통에 대한 정보는 나와 있지 않았다.

하는 수 없었다. 처음부터 차근차근 시작하는 수밖에.

화수는 분해한 뽑기통 부품들을 녹 제거에 탁월한 산성 오일(강중유)에 담가 분류한 후 녹을 깨끗이 제거했다.

슥삭슥삭.

군대에서 박격포를 손질하던 때가 생각난다.

"지금쯤 동기들은 뭐하고 있으려나?"

간만에 군대 생각을 하니 속속들이 추억이 되살아난다. 잡생각에 사로잡히니 작업이 훨씬 수월한 듯하다.

그렇게 얼마나 작업을 했을까, 슬슬 윤곽이 드러나기 시작했다.

화수는 이때부터 본격적으로 설계도를 그려나갔다.

우선 뽑기통은 크게 세 부분으로 나누어진다.

상품이 들어 있는 통과 돈을 넣고 돌리는 레버, 그리고 이 모든 것을 받치는 지지대로 나누어졌다.

그중의 관건은 돈을 넣어야 레버가 돌아갈 수 있는 잠금장치였다.

아무리 잘 만들어도 돈을 넣지 않고 물건이 나온다면 말짱 허사이기 때문이다.

화수는 뽑기통 부품들을 사진을 찍어서 연습장에 오려 붙였다.

순서대로 사진을 붙이고 대략적인 내부 설계도를 그려보았
다.

이렇게 정리를 해놓고 보니 처음보다는 덜 복잡한 것 같았
다.

하지만 문제는 이것들을 나무로 만들어야 한다는 것이다.

더군다나 역으로 조립까지 해야 하는 상황. 작업이 상당히
오래 걸릴 것 같은 느낌이 든다.

우선 화수는 목공소로 향했다.

*　　　*　　　*

목공소에서 목재와 목공 도구를 구입한 화수는 걸어서 공장
으로 돌아왔다.

차가 없으니 불편한 것이 한두 가지가 아니다.

"일단 트럭부터 한 대 사야겠어."

이젠 다리가 다 놓였으니 차를 몰아도 될 듯하다.

화수는 구입한 자재들과 도구를 구석에 놓고 공업용 윤활유
에 담가놓았던 부품들을 꺼냈다.

워낙에 부식이 많이 된 것들은 사용하지 않고 그나마 괜찮
은 것들을 추려냈다.

신식 뽑기통도 있었지만, 대부분 일체형이거나 내부를 열어
보기 힘든 것들이었다.

구 모델에 비해 현재의 모델이 크고 무식하게 단단한데, 그

이유가 참으로 웃기면서도 애석하기 짝이 없었다.

약 10~15년 전, 청소년들은 오락실이 아니면 오갈 곳이 별로 없었다.

PC방도 요금이 비쌌고, 만화방도 그들이 가기엔 부담스러웠던 것이다.

그렇기 때문인지 청소년들은 거리로 나왔고, 덕분에 별의별 범죄가 다 일어났다.

그중에서도 가장 흔하게 표적으로 삼는 것이 바로 공중전화나 뽑기통이었다.

청소년들에게 뽑기통에 들어 있는 동전은 그야말로 오아시스와 같았을 테니 약해 보이면 무작정 망치부터 들이댔던 것이다.

업자들은 이런 것들을 최대한 방지하기 위해 크고 단단하게 만들었다고 한다.

이것이 다 경제 위기가 만연한 탓이었으니 웃지 못할 해프닝이라고 하겠다.

덕분에 화수만 생고생을 하게 생겼다.

"오늘따라 무지하게 덥네."

이런 상황에서도 그가 뽑기통을 직접 만들겠다고 생각한 것은 새로움 때문이다.

생전 처음 보는 물건에 사람들은 열광하게 마련이다.

물론 루야나드에서도 마음만 먹으면 아이들이 가지고 놀 만한 뽑기통은 얼마든지 만들 수 있다.

하지만 이렇게 작은 슬롯머신처럼 상품이 나오게 하는 물건은 아직 없었던 것이다.

만약 이번 사업이 성공한다면 슬롯머신도 한번 고안해 보는 것도 나쁘지는 않을 듯하다.

목재로 만들기 전, 먼저 이것들을 역으로 조립하면 제대로 작동할지가 중요하다.

화수는 차근차근 부품들을 조립해 나갔다.

지성이면 감천이라고 했던가? 다행히도 작동이 되는 것 같다.

하지만 본격적인 승부는 지금부터이다.

철물점에서 톱과 끌, 사포를 구입한 화수는 공장 구석에서 홀로 작업에 들어갔다.

슥삭슥삭!

원목을 잘라놓은 각목과 합판에 밑그림을 그리고 그것을 따라 톱질을 해나갔다.

하지만 생각보다 모양이 잘 잡히지 않는다.

"보기와는 많이 다르군."

애초에 목수가 아닌 이상 나무로 뽑기통을 만드는 것은 무척이나 어려운 일이었다.

나름대로 잘 만든다고 만들었는데 역시 무언가 엉성하기 짝이 없다.

하지만 어쩔 수 없다. 끝까지 매달려 보는 수밖에.

뚝닥뚝닥!

한창 작업에 열중하고 있는데 문득 공장으로 아이들이 고개를 빠끔히 내민다.

"아저씨!"

동네 아이들은 화수를 공장 아저씨라 불렀다.

매일 보는 얼굴인데 대부분 공장 안에 처박혀 있었기 때문이다.

"너희 왔구나. 밥은 먹었어?"

"먹었죠. 그런데 뭘 만들고 계신 건가요?"

"뽑기통을 한번 만들어보려고."

"엥? 그건 왜요?"

"필요한 사람이 있다고 해서 말이야."

엉성하기 짝이 없는 뽑기통을 보고 아이들이 키득거린다.

"쿡쿡! 이런 말도 안 되는 뽑기통을 누가 써요?"

"아직 미완성이라 그래. 아마 완성되면 너희도 놀랄걸?"

"에이, 그건 아닌 것 같은데요?"

아이들은 자신들과 눈높이를 맞추고 어울려 놀아주는 사람과 친해진다.

화수는 만약 사고를 쳤으면 아들뻘인 아이들과 눈높이를 맞추며 놀아주었다.

그의 팔에, 다리에 매달린 아이들이 거치적거릴 만도 하지만 화수는 연신 미소를 짓는다.

아이들의 장난이 그의 메마른 감성을 촉촉하게 해주는 것 같았기 때문이다.

이제 해가 뉘엿뉘엿 저물려고 하는 찰나, 공장 문이 열린다.

드르륵!

"현우야!"

"누, 누나!"

언뜻 보면 이모라고 해도 믿을 정도로 연배가 많이 차이 나는 남매다.

20대 중반이나 될 법한 그녀는 달려와 현우의 머리를 쥐어박았다.

콩!

"아, 아야!"

"학교 끝나면 곧장 집으로 와야지 뭐하고 돌아다니는 거야?!"

이윽고 현우의 누나가 화수에게 공손히 고개를 숙였다.

"미안합니다. 우리 현우가 본의 아니게 민폐를 끼치고 있네요."

화수는 황급히 고개를 가로저었다.

"아니요. 괜찮습니다. 안 그래도 혼자 나무를 조각하고 있자니 적적하던 차였습니다."

"하여간 이 녀석이 하도 빨빨거리고 돌아다니니까 감당이 안 되네요."

"원래 그만할 때는 다 그렇지 않습니까? 이해합니다."

"아무튼 매번 죄송하네요."

연신 고개를 숙이는 그녀의 복장을 보니 유치원에서 일하는 모양이다.

노란색 앞치마에 명찰이 달려 있다.

[햇님반 강유라 선생님.]

그런데 이름이 상당히 눈에 익다.

'강유라? 강유라……. 어디서 많이 들어본 이름인데.'

순간, 화수의 뇌리에 아주 익숙한 얼굴이 스쳤다.

"가양초등학교 강유라?"

유라는 화수와 3학년 때부터 줄곧 짝꿍으로 지낸 사이다.

화수의 기억으로는 매번 학기 초마다 화수와 짝꿍이 되었다고 투덜댔던 것 같다.

뚱뚱하고 못생긴 화수와 짝꿍이 되었다는 것이 못내 속상했던 것이다.

하지만 그 역시 아련한 추억이 되었으니 반가운 마음이 든다.

"누, 누구……?"

"나야. 강화수."

그제야 유라도 화수가 기억이 나는 모양이다.

"강화수?! 그 강화수?!"

"그래, 뚱뚱보 강화수."

"어머, 화수야!"

순간적으로 유라가 화수의 목덜미를 팔로 휘어 감는다.

"화수야!"

"쿨럭!"

어린 시절의 습관이 그녀도 모르게 튀어나와 화수의 목덜미를 낚아챈 것이다.

유라는 화들짝 놀라 팔을 풀었다.

"미, 미안."

"아니야. 옛날 생각도 나고 좋네."

"…습관이 참 무섭네."

"그러게 말이야."

어릴 적 친구와 한동네에서 일을 하고 있었다니, 사람의 인연이란 참으로 기묘한 듯하다.

"요 아래 유치원에서 일하는가 보네."

"맞아. 엄마를 따라서 유치원 교사 하고 있어."

"앞치마가 잘 어울리는데?"

"그, 그래?"

쑥스럽다는 듯 머리를 긁적이는 그녀에게 화수가 악수를 청했다.

"한동네에서 일하니까 자주 보자. 언제 맥주도 한잔하고 말이야."

"그래, 반갑다, 화수야."

오랜만의 만남, 너무나 뜻밖이라 이렇게 반가울 수가 없다.

더군다나 백수인 채로 만나지 않았으니 다음 만남에는 떳떳하게 명함을 건넬 수 있을 것 같다.

*　　　*　　　*

아론이 만들어온 설계도를 바라보는 장인들의 고개가 좌로 살짝 꺾인다.

"이게 뭡니까?"

"들어는 봤는가? 뽑기라는 것이지."

"뽑기요?"

"금화를 넣고 레버를 돌리면 무작위로 물건이 나오는 것이지."

"금화요? 누가 금화를 넣고 이런 장난을……."

"장난이라니, 도박이라고 해주게."

장인들은 생전 처음 보는 물건들을 자꾸 만들어내는 아론의 모습이 낯설기도 하고 신기하기도 한 모양이다.

연신 고개를 갸웃거리고 있다.

"아무튼 이것들을 언제까지 다 만들 수 있겠는가?"

"흐음, 글쎄요. 뽑기통은 별문제가 안 되는데 캡슐인지 하는 이 내용물이 문제입니다."

"기한을 언제까지 주면 되겠는가?"

"한 나흘이요?"

"그때까지면 다 완성된다는 얘기지?"

"예, 그렇습니다요."

"알겠네. 그럼 나는 자네들만 믿겠네."

제작보다 어려운 것이 남았다.

아론은 멀고 먼 길을 떠날 채비를 했다.

*　　　*　　　*

도면을 건네고 나흘이 지난 후 아론은 병사 50명과 기사 두 명을 상단 호위로 변장시켰다.

그리고 아론은 마차를 열 대나 준비시켰는데, 사람을 200명은 족히 싣고도 남을 크기다.

"도대체 이렇게 큰 마차는 왜 준비하시는 겁니까?"

"여기에 금화를 가득 담아올 걸세."

벨리안이 고개를 갸웃거린다.

"여기에 가득 말입니까?"

"그래. 어쩌면 이것으로 모자랄 수도 있겠지."

"바로 저 상자로 말입니까?"

아론은 어렵사리 완성된 뽑기통을 아주 자랑스럽게 두드렸다.

"그래, 바로 이것으로 말이지."

처음 보는 사람은 이게 도대체 무슨 짓인가 싶을 수도 있다.

하지만 그것은 아론의 철저한 전략을 모르고 하는 소리다.

"아무튼 영지를 잘 부탁하네. 내가 없는 동안 몬스터들이 장벽을 넘지 못하게 해줘."

"예, 알겠습니다."

벨리안은 애초에 아론이 무엇을 하든 절대로 이해하려고 들지 않았다.

다만 그를 절대적으로 믿을 뿐이었다.

*　　　*　　　*

루야나드 대륙은 보편적으로 도박에 대한 인식이 상당히 좋지 않은 곳이다.

그 흔한 카드놀이 하나 편하게 할 수 없는 것이 현실이다.

하지만 단 한 군데, 황제의 손길이 미치지 않는 곳이 있었다.

도박과 향락의 도시 로즈웰이다.

대륙에서 유일한 치외법권 지대인 로즈웰은 그 어떤 국가의 소속도 아니면서 뚜렷한 소유주도 존재하지 않았다.

덕분에 거래에 대한 규제가 없고 실크, 사치품, 보석, 금화 등, 로즈웰에서 나오는 재화의 양은 대륙 최고라고 할 수 있다.

만약 황제가 마음만 먹는다면 로즈웰을 점령하는 것은 그리 어려운 일이 아닐 것이다.

하지만 태생이 도적 소굴이었던 로즈웰이 누군가의 통치를 받는다는 것은 있을 수 없는 일이었다.

일정한 룰은 있지만 로즈웰은 법치가 통하지 않는 곳이었기 때문이다.

아마 제국이 이곳을 병탄해도 온전히 그들의 영토로 만들기는 힘들 것이다.

때문에 주변 국가들은 행여나 자국민이 이곳에서 봉변을 당하지 않도록 국경수비대를 근방에 배치했다.

하지만 이런 로즈웰에도 룰이 존재했다.

이곳의 상권을 쥐고 있는 상인들은 자신들의 사업을 안정화시키기 위해 엄청난 숫자의 용병을 고용하는데 그 출신이 아주 다양했다.

덕분에 자신의 구역에서 난동이 벌어지면 용병단이 힘을 쓰기 때문에 오히려 치안이 바로 선다.

그렇지 않았다면 지금쯤 로즈웰은 완전한 무법천지가 되어 버렸을 것이다.

하지만 그렇다고 이곳에 방범대가 있는 것은 아니다.

덕분에 로즈웰은 대낮부터 취객들의 싸움판이 벌어진다.

퍽퍽!

"커헉!"

"이런 빌어먹을 자식! 어디서 도박판에서 사기를 쳐?!"

"도박판에서 사기 치다 걸리면 손모가지 날아가는 것을 안 배운 모양이군!"

더군다나 도박에 대한 규제가 전혀 없으니 대놓고 도박을 하던 내기를 하던 그것은 본인 마음이다.

하지만 만취 상태에서 전 재산을 다 털리면 눈이 뒤집어지게 마련이다.

퍽퍽퍽!

"크허억! 누, 누가 좀 도와줘요!"

법치주의 국가에서는 도저히 상상조차 할 수 없는 일이지만, 이곳은 로즈웰이다.

바로 여기서 손목이 날아가도 전혀 할 말이 없다는 뜻이다.

하지만 살인이 벌어지기 전에 이 구역 상인들이 고용한 용병들이 사태를 진정시킨다.

거대한 바스타드 소드를 어깨에 걸친 용병단 가즈펠의 단장 아서가 왈패들의 등짝을 발로 걸어찬다.

퍼억!

"크흑! 용병단?!"

"아무리 막 굴러먹는 놈들이라도 대낮에 사람을 죽이면 쓰나?"

"이, 이놈이 도박판에서 사기를 쳤다! 아무리 로즈웰이라고는 하지만 사기도박은 해서는 안 되는 것 아닌가?!"

"후후, 사기도 기술이다. 당하는 놈이 병신이지."

"뭐, 뭐라?!"

스르릉!

날이 시퍼렇게 벼려진 바스타드 소드가 왈패의 뒷덜미 바로 위로 올라왔다.

"말로 해서 안 되면 힘으로 제압한다. 그게 로즈웰의 법이라는 것쯤은 네놈도 아주 잘 알고 있겠지?"

"…빌어먹을!"

힘이 약하면 굴복하는 것, 그것이 바로 로즈웰의 질서이다.

하는 수 없이 왈패들이 폭행을 멈추었다.

"쳇, 다음에 다시 한 번 걸리면 그때는 모가지를 확 따버릴 줄 알아! 에잇, 퉤!"

가까스로 사태가 진정되었고, 용병단은 뒤도 돌아보지 않고 사건 현장을 떠나갔다.

그저 돈을 받고 그 대가로 일하면 그만인 것이 바로 용병의 인생이다.

용병단장 아서가 부하들과 함께 돌아서는데, 멀리서 처음 보는 문양의 깃발을 단 상단의 행렬이 보인다.

"저건 또 무슨 문양이야? 비둘기?"

"그런 것 같은데요?"

"저런 문양은 처음 보는 것 같은데?"

"그러게 말이야."

약 50명 정도 되는 경호원들이 마차를 지키고 서 있는데, 잘생긴 청년 하나가 마차에서 내렸다.

생전 처음 보는 양식의 옷을 입고 있었는데, 얼굴을 절반 정도 가리는 가면 같은 것을 쓰고 있다.

이렇게 더운 곳에서 가면이라니, 아마 화상을 입었는지도 모른다.

조금은 흥미가 생기지만, 더 이상 쓸데없이 시간 낭비할 필요는 없다.

"가자. 저런 이상한 놈들에게 신경 쓸 겨를은 없다."

그리고 잠시 후 그들은 아서의 시선을 잡아끌 만한 물건을 내려놓았다.

"저건 또 뭐야?"

나무로 만든 상자인데, 겉은 아주 매끄럽게 다듬어져 있다.

그리고 그 주변으로는 금으로 만든 장식이 수놓아져 있다.

이윽고 잘생긴 청년이 깔때기를 입에 대고 외쳤다.

"자, 지금부터 일확천금 특별 이벤트를 시작합니다! 여기 비둘기 문양이 보이시죠?! 아는 분은 다 아실 겁니다! 이 비둘기 문양은 칼리어스에서 나는 블랙다이아몬드에 박혀 있는 문장입니다!"

칼리어스의 보석이라고 하면 돈에 아주 민감한 용병들에게는 자주 회자되는 물건이다.

요 근래 갑자기 광산이 발견되었다는 소식이 돌았고, 실제로 보부상들이 물건을 들고 귀족 부인들을 만난 사례도 있다.

"보십시오! 여기 비둘기 문양이 박힌 블랙다이아몬드 반지입니다! 저는 오늘 이것을 단돈 1골드에 뽑을 수 있는 기회를 드리고자 합니다!"

순간, 주변을 지나던 상인들과 귀족들의 고개가 획 돌아간다.

"그런 말도 안 되는……."

청년은 의심의 눈초리를 보내는 귀족 자제에게 말했다.

"모르시는 말씀! 제가 언제 전부 1골드씩에 드린다고 했습니까?! 아닙니다! 저는 공짜로 이 물건을 드릴 생각은 전혀 없습니다!"

희한하게 생긴 나무 상자를 가리키며 청년이 말했다.

"이 상자에는 무작위로 섞인 캡슐이 들어 있습니다! 그 안에는 금으로 만든 세공품이 들어 있지요! 단가는 1실버부터 무려 2만 골드까지 아주 다양합니다."

"뭐, 뭐라고?! 2만 골드?!"

"예, 그렇습니다! 무려 2만 골드입니다! 아시죠? 2만 골드면 제도에서도 아주 떵떵거리면서 살 수 있는 돈입니다! 만약 이것을 부인께 드린다면 얼마나 좋아하시겠습니까?!"

견물생심, 눈앞에 노다지가 있는데 마음이 동하지 않을 리가 없다.

"지금부터 딱 두 시간, 두 시간만 행사를 펼치겠습니다! 그 이후에는 저희도 다음 구역으로 떠나야 하니 이벤트는 선착순으로 진행하겠습니다!"

순간, 사람들이 구름처럼 몰려들었다.

1인당 1골드, 게임 한 판 즐기는 데 1골드면 아주 비싼 편이지만 무려 2만 골드나 되는 물건이다.

너도 나도 줄을 서며 게임을 하겠다고 난리다.

그러다 어디선가 환희에 찬 목소리가 들린다.

"축하합니다! 블랙다이아몬드 진품이시군요!"

"지, 진품이다! 횡재했다! 하하하하하하!"

"오오!"

여기저기서 박수갈채가 쏟아진다.

2만 골드짜리 반지를 손에 넣은 사내는 눈이 뒤집혀 금화 주머니를 꺼내 들었다.

"다, 다시 한 판 더!"

"아쉽지만 뒤에 계신 분들 때문에 다음 기회에 뵙는 것으로 하지요."

"그, 그런 법이 어디 있나?!"

"혼자 다 털어 가면 뒷사람들은 어떻게 합니까? 방침이 그러하니 돌아가시지요."

이로써 2만 골드짜리 반지가 들어 있다는 것은 거짓이 아님이 밝혀졌다.

사람들은 눈이 뒤집어져서 뽑기로 몰려들었다.

"물건은 많습니다! 천천히 줄을 서십시오!"

아서는 지금까지 이런 식으로 돈을 버는 사람이 있었던가 싶다.

"별 희한한 방법으로 돈을 버는군."

1실버와 1골드의 차이는 무려 100배다.

1실버 주화 100개를 모아야 1골드 주화 하나의 값어치를 하는 것이다.

대부분이 1실버에서 10실버에 해당하는 물건을 뽑아가지만, 사람들은 다시 뛰어가 줄을 선다.

한마디로 마진율 99%의 엄청난 장사를 하고 있는 셈이다.

행사를 주도하던 청년이 이내 깔때기를 내리더니 부하들과 뭔가 얘기를 주고받는다.

그러더니 이내 장사가 끝났다는 소식을 전했다.

“아쉽지만 이벤트는 종료되었습니다!”

순간, 곳곳에서 야유가 빗발치기 시작했다.

“이런 말도 안 되는! 나는 아직 뽑아보지도 못했단 말이야!”

“내 1골드는?!”

“죄송합니다! 이벤트는 원칙을 따라야 합니다! 그러니 협조를 부탁드립니다!”

“말도 안 되는 소리! 어서 판을 깔아!”

“정말 죄송하게 되었습니다!”

역시 돈은 버는 사람만 버는 모양이다.

상재가 뛰어난 사람인 것은 알겠지만, 아서는 그에게 별 관심이 없는 듯하다. 이곳에 뛰어난 장사치는 지천에 널렸기 때문이다.

“어서 가자. 다음 의뢰가 기다리고 있어.”

“으, 응.”

동료들 역시 그에게서 눈을 떼지 못하고 있었다.

*　　　*　　　*

사람은 자고로 시간에 쫓길 때 더욱 쉽게 지갑을 열게 되어 있다.

무려 2만 골드에 달하는 물건을 2시간 안에 무작위로 뿌린다면 그 누구라도 한 번쯤은 도전해 볼 것이다.

아론은 사람의 그런 심리를 이용하기로 한 것이다.

벌어들인 금화를 자루에 넣는데, 눈삽으로 퍼 담아야 할 지경이다.

"이, 이게 다 얼마야?!"

"너무 많아서 셀 수도 없을 지경입니다!"

"흐흐흐, 역시 영주님은 천재입니다!"

마차 위에 쌓인 금화는 손으로 다 셀 수도 없을 지경이었다.

수레에 싣고도 다 못 실을 정도로 벌어들인 금화는 실크와 사치품을 사는 데 사용할 것이다.

이렇게 많은 양의 금화를 국경지대까지 가지고 간다는 것은 무척이나 위험천만했기 때문이다.

아론은 이곳에서 며칠 더 머물면서 천천히 군자금을 충당하기로 했다.

하지만 돈을 버는 것보다 이런 무법천지에서 재산을 보호하는 것이 더 문제였다.

금화를 싣고 상인들을 만나러 가는 길, 아론은 이곳의 치안을 유지하고 있다는 용병단을 만나기로 했다.

아서라는 이름의 용병단장은 돈이면 무엇이든 하는 사람이라고 하니 한번 만나볼 가치가 있을 것이다.

'푸른 요정'이라는 간판이 달린 술집 앞에 선 아론이 주인장에게 은화 두 개를 튕기며 말했다.

"아서를 만나러 왔네."

"잠시만 기다리십시오."

이윽고 거대한 바스타드 소드를 손질하던 아서가 아론을 맞으러 나왔다.

그는 아론의 얼굴이 낯익다는 듯이 말했다.

"여기서 또 보는군."

"우리가 구면이던가?"

"오늘 장사하는 모습을 보았지. 참으로 인상적이었어."

"그렇게 생각하는 사람도 다 있군. 그쪽은 돈을 잃지 않은 모양이지?"

"물론. 나는 그런 도박 따위에 정신 팔리는 놈팡이들과는 달라."

"깔끔한 사람이라고 하니 믿을 만하겠군."

"의뢰하고 싶어 찾아온 건가?"

"용병을 찾아오는 데 또 무슨 목적이 있겠어?"

아서는 아론을 술집의 안쪽으로 안내했다.

술집 구석에는 이 지방의 특산물이라는 초록색 리큐르가 산더미처럼 쌓여 있었다.

"선인장으로 만든 술인데, 한잔할 텐가?"

"좋지."

선인장 수액이 뿜어내는 냄새와 설탕이 어우러져 상당히 좋은 향기가 나는 술이다.

아서는 커다란 잔에 선인장 술을 가득 채워 아론에게 내밀었다.

"선인장은 갈증을 해소하는 데 아주 탁월한 효과가 있지. 게다가 청사 과즙을 섞어서 맛이 아주 기가 막히지."

잘해봐야 나이도 몇 살 차이 나지 않을 것 같고, 애기도 잘 통하는 것 같으니 꺼릴 것이 없었다.

잔을 부딪친 두 사람은 단숨에 선인장 술을 비워냈다.

꿀꺽!

"크흐! 좋다!"

"나쁘지 않군."

아론 역시 주당으로 술은 가리지 않고 마시는 사람이다.

그런데 선인장 술은 그가 마셔본 술 중에서 단연 손에 꼽을 정도였다.

"이 지방에 와서 선인장 술을 안 마셔본다면 로즈웰에 왔다고 할 수가 없지."

"그럴 만한 술이군."

이윽고 아서가 다시 술잔을 채우며 말했다.

"그나저나 나에게 의뢰할 일이란 것이 무엇인가?"

"아시다시피 우리가 지금 원행 장사를 하는 입장이라 더 많은 경호원을 고용할 수가 없는 처지야."

"그래서 우리에게 호위를 맡아달라?"

"이 넓은 로즈웰에서 믿을 만한 사람이 누가 있겠나?"

"거참, 모순이군. 그럼 나는 어떻게 믿는단 말인가?"

"용병은 돈을 믿고 나는 돈을 가지고 있지. 이것보다 더 확실한 것이 또 어디 있나?"

아서는 흥미롭다는 듯이 턱을 매만졌다.

"배짱 한번 두둑한 청년이로군."

“이 장사를 하자면 배짱 없이는 절대로 원행을 할 수 없지. 어때? 할 건가?”

“보수는?”

아론은 주머니에서 비둘기 문양이 새겨진 반지를 하나 꺼내어 내밀었다.

“이것은 제도에서 족히 2만을 받고도 남을 물건이야. 이 정도면 되려나?”

“통이 꽤나 큰 사내군. 드래곤 아이라…….”

최상급 다이아몬드를 이르는 말로, 드래곤 아이는 대륙 전역에서도 잘 찾아볼 수 없는 물건이었다.

물론 아론이 건넨 것은 큐빅이다. 이곳의 가공 기술로는 절대로 표현해 낼 수 없는 투명도와 정교함을 가지고 있기에 당연히 최상급 다이아몬드라 믿는 것이다.

“썩 내키지 않는다면 다른 방안을 찾아보기로 하지.”

“아니, 하겠다. 이 의뢰는 우리가 한다.”

용병이란 무릇 돈에 목숨을 거는 사람들이다. 돈은 그들의 맹약이나 다름없는 것이다.

“조건은 우리가 장사를 마치고 돌아가는 날까지다. 대신 우리의 재산에 조금이라도 타격이 생긴다면 보수는 없다.”

“물론 당연한 소리.”

“그럼.”

용병은 돈을 받을 뿐 아무것도 묻지 않는다.

그저 고용주의 말을 따르고 조건을 맞추면 그만이다.

아서는 아론에게 그 어떤 의구심이 생겨도 절대로 질문을 하지 않을 것이다.

그것이 이곳의 룰이기 때문이다.

*   *   *

로즈웰은 칼리어스와 견주어도 손색이 없을 정도로 넓다.

대부분이 황무지이지만 로즈웰의 거리는 제국의 수도보다 훨씬 더 화려하다.

그것은 밤이 되면 정점에 달한다.

아론은 강철로 만든 창고에 오늘 벌어들인 비단과 사치품을 모두 넣어두고 병사들과 회포를 풀기로 했다.

회포라고 해봐야 술과 고기를 사서 창고 앞에서 한잔하는 것뿐이지만 칼리어스의 병사들에게는 천금과 같은 시간이었다.

새끼 양을 무려 열 마리를 잡고 이곳의 전통주인 선인장 주를 네 드럼이나 사왔다.

50명이 먹고 마시기엔 차고도 넘치는 양이다.

수렵 생활이 몸에 밴 칼리어스의 청년들은 딱히 요리사를 부르지도 않고도 알아서 요리를 해나간다.

모닥불을 피우고 그 위에 갓 잡은 새끼 양을 올리고 간단한 양념을 뿌려 훈제구이를 만들었다.

먹음직스럽게 고기가 익어가고, 아론이 병사들 앞에 섰다.

"오늘 우리가 벌어들인 금화의 양이면 성을 통째로 살 수도 있다. 그 정도 돈이면 하룻밤 여색을 즐길 수도 있을 것이다. 하지만 우리에게는 고향을 고립에서 구해내야 할 사명이 있다. 그렇지 아니한가?"

"예, 그렇습니다!"

"칼리어스 고립 수백 년 동안 황실에서 우리에게 보낸 것은 과연 무엇이었나? 정치권에서 밀려난 몰락 귀족? 아니면 하루 벌어 하루 먹고살기도 힘든 우리에게 세금이나 걷겠다는 말도 안 되는 정책 따위 아니었던가?"

아론이 술잔을 들었다.

"황실에서 도와주지 않으면 우리가 한다! 우리의 군사, 고작 500명 조금 넘는다! 하지만 우리는 일당백이며 지금은 신식 무기까지 갖출 수 있는 자금도 있다! 황실의 도움 따위 받지 않아도 할 수 있다는 것을 보여주자!"

"충!"

"마시고 취하라! 그리고 고향으로 돌아가서 가족들에게 승전보를 알려줄 영광스러운 전투를 준비하라!"

"영주님 만세!"

"우리의 번영을 위하여!"

"위하여!"

내일의 일정이 빠듯하긴 하지만 하루의 휴식은 필요한 법이다.

아론은 병사들과 함께 거나하게 취할 요량으로 술을 마셨다.

　　　　　*　　　　　*　　　　　*

　주거니 받거니 술자리가 무르익어 갈 즈음, 용병단장 아서가 아론을 찾아왔다.

　"불편한 점은 없는가?"

　"150명이나 되는 용병들이 호위를 해주는데 뭐가 문제인가?"

　"후후, 그럼 되었다."

　"한잔 받지?"

　"그럴까?"

　아서와 아론이 술을 한잔 주고받는데, 그의 측근인 샤렐이 다가왔다.

　작은 체구에 초록색 머리의 그는 마치 인형을 보는 느낌이다.

　커다란 눈망울과 오밀조밀한 이목구비는 굉장히 귀엽다.

　하지만 성격이 워낙에 괄괄해서 절대로 무시할 수 없다는 것이 특징이다.

　"대장, 치사하게 혼자만 한잔하기입니까?"

　"저 뺀질이가 또 자리를 이탈했군. 그러다 부하들이 분란을 일으키면 어쩔 텐가?"

　"쿡쿡, 원래 용병단은 실력이 계급인데 무슨 분란이 일어납니까? 불만 있으면 덤벼서 이기라고 하십시오."

샤렐은 레이피어를 아주 기가 막히게 다루는 여협객이다.

정형된 검술을 구사하는 것은 아니지만, 동물적인 감각이 뛰어나 일반 기사들과 겨루어도 절대 밀리지 않는 능력을 가지고 있다.

그렇기 때문에 용병단원들은 어린 그녀가 자리를 무단으로 이탈해도 그러려니 넘어가는 경우가 대부분이었다.

아론은 그런 그녀에게 술을 한잔 건넸다.

"한잔할 텐가?"

"오호! 좋지!"

그녀와 술을 마신다고 해도 여자와 술을 마신다는 느낌은 들지 않을 것 같다.

선인장 술을 나누어 마시고 그녀에게 양고기를 건네주자 다리를 통째로 물어뜯는다.

"우걱우걱! 칼리어스에서 왔다더니 솜씨가 아주 그만이군."

"고기는 많으니 많이 먹게."

아서는 그런 그녀를 보며 고개를 가로저었다.

"도대체 시집이나 갈 수 있으려나 모르겠군. 저래서 어떤 사내가 관심을 보이겠어?"

그녀는 아서의 걱정에 콧방귀를 뀌었다.

"흥! 대장더러 책임지라고는 안 할 테니 걱정 붙들어 매시죠?"

"거참 듣던 중 반가운 소리군."

아론은 이들의 화기애애한 모습을 보다 문득 의문점이 들었다.

"그런데 용병단은 어쩌다 이곳에 둥지를 틀게 된 건가? 이 정도 규모의 병력이면 일반 영지의 기사단 휘하에 들어갈 수도 있을 텐데. 그 편이 목숨을 보장하는 데 유리하지 않나?"

아서는 고개를 가로저었다.

"우리 같은 용병들은 정규군에 들어갈 수 없다네. 대부분 부랑자 출신에다 전과자도 심심치 않게 많으니까. 이렇게 사연 많은 놈들을 도대체 어디서 받아주겠나?"

"그렇군."

"게다가 용병이 체질에 맞는 사람은 정규군 생활을 할 수가 없어. 숨이 막히거든."

순간 아론은 기발한 생각을 했다.

"그럼 보수만 두둑하면 몬스터와도 싸울 수 있나?"

"몬스터?"

"용병은 검을 쓰는 데 귀천이 없다고 들었네. 만약 대형 몬스터들과 싸운다면 어떨 것 같은가?"

아서는 아론의 질문에 별것 아니라는 듯이 답했다.

"못할 것은 또 뭔가? 사람이건 짐승이건 때려잡는 것이라면 우리 전문인데."

"그럼 내가 괜찮은 제안을 하나 하려는데 들어보겠나?"

"흐음, 자네같이 통 큰 사람이 제안을 한다니 귀가 솔깃해지는군."

"잘만 하면 한몫 단단히 챙길 수 있는 곳이라네. 지금의 수

입에 딱 다섯 배를 보장하지. 만약 운만 좋다면 그 이상을 벌 수도 있지.”

아직 본론으로 들어가지도 않았건만 샤렐은 손을 번쩍 들었다.

“나, 난 갈래!”

“아직 자세한 얘기는 하지도 않았는데?”

“아니, 갈 거야! 무조건 가야지!”

용병에게 정년은 없지만 칼로 먹고살 수 있는 것에는 한계가 분명히 있다.

현재 아서의 나이가 아론과 불과 서너 살 차이밖에 나지 않는데 단장을 하고 있다는 것이 그것을 증명해 주고 있다.

대부분 용병은 서른이 넘으면 슬슬 퇴물 취급을 받다 삼십대 중반에 이르면 퇴역하기 때문이다.

샤렐은 더 나이 먹기 전에 한몫 잡으려는 심산이다.

아서는 그런 그녀의 머리를 잡아서 억지로 눌러 앉혔다.

“설레발치는 것은 언제쯤 고쳐지려나 모르겠군.”

“피이, 무슨 말을 못해!”

“아무튼 계속 말해보게.”

티격태격하는 모습이 꼭 친남매를 보는 것 같다.

아론은 계속해서 말을 이었다.

“혹시 칼리어스의 얼음 장벽에 대해 들어본 적이 있는가?”

“물론이지. 어려서부터 용병들 뒷수발까지 합쳐 이 생활이 벌써 20년이 넘었다네. 안 다녀본 곳이 없지.”

“그럼 그 장벽이 왜 생겼는지도 알고 있는가?”

“장벽 너머 몬스터들이 우글거려서 그런 것 아닌가?”

“맞네. 그런 목적으로 만든 것이지. 하지만 아이러니하게도 사람의 안위를 지키기 위해 만든 장벽 때문에 영지가 궁핍해지고 말았지. 그래서 칼리어스는 장벽으로부터 부동항까지 성채를 쌓을 계획을 세우고 있다네.”

아서는 아론의 말에 고개를 가로저었다.

“말도 안 되네. 그 길이가 20㎞는 족히 될 텐데 어떻게 뚫고 가겠다는 건가?”

“대형 몬스터들을 효과적으로 제압할 수 있는 신식 무기가 있어. 그리고 성채를 하루에 1㎞씩 쌓을 수 있는 신기술도 가지고 있지.”

“그렇다고 목숨을 담보로 20㎞ 행군을 한다고? 말이 안 되네.”

“하지만 이건 분명한 사실일세. 칼리어스의 영주는 자신이 벌어들인 보석을 팔아 군자금을 모으고 있어.”

순간, 아서의 미간이 미묘하게 일그러졌다.

“설마……”

아론은 영주의 인장이 찍힌 팔찌를 보여주며 말했다.

“칼리어스의 영주로서 말하지. 자네의 용병단이 우리 영지에 와준다면 지금의 벌이와는 비교도 할 수 없을 정도로 많은 재화를 나누어 준다고 약속하지.”

너무나 갑작스러운 아론의 제안에 아서는 쉽사리 대답할 수 없는 모양이다.

"얼토당토않게 갑작스럽다는 것은 아주 잘 알고 있네. 하지만 말이야, 자네에게나 나에게나 이것은 기회라는 것은 확실하네. 그렇지 않은가?"

용병이 일확천금을 노릴 수 있는 것은 기껏해야 전장 말고는 찾아볼 수 없다.

아서는 슬며시 샤렐을 바라보았다.

샤렐은 살며시 고개를 끄덕인다.

"어차피 떠돌이 용병 인생, 뭐 있겠습니까?"

"그렇게 성급하게 결정하지 않아도 되네. 내일까지 충분히 생각해 보고 답을 주게."

묵묵히 고개를 끄덕인 아서가 자리에서 일어섰고, 샤렐은 양고기를 한가득 챙겨 따라나섰다.

THE LORD OF FANTASY
8장
토벌을 위해

로즈웰에서 장사를 한 지 일주일, 아론은 지금까지 벌어들인 돈과는 비교도 할 수 없을 정도의 금화를 벌어들였다.

말 열 필이 끄는 마차에 실어도 미처 다 싣지 못할 정도의 금화는 전부 사치품으로 교환했다.

그래도 여전히 그 양이 어마어마한 것은 마찬가지였다.

"이것을 다 황도로 가져가면 꽤나 짭짤하겠습니다."

"후후, 그렇겠지?"

부피를 줄이려는 목적도 있었지만, 로즈웰의 사치품은 제도 아르웬에서는 꽤나 비싼 값이 팔리는 물건이다.

아론은 조금이라도 많은 자금을 비축해서 영지로 돌아갈 생각이었던 것이다.

법치국가인 루멘트까지만 당도하면 물건을 빼앗길 일은 거의 없기에 물건을 죄다 금화로 바꾸어도 문제는 안 될 것이다.

가지고 온 큐빅을 모두 팔아치운 아론이 먼 길을 떠나려던 바로 그때였다.

"영주님, 멀리서 용병단이 다가옵니다!"

병사의 말에 고개를 돌린 아론의 눈에 용병단장 아서가 보인다.

"마침 어디론가 떠나려는 모양이군."

"한시라도 빨리 영지로 돌아가야 하지 않겠나?"

"그렇다고 우리를 떼놓고 갈 작정이었나?"

아론이 슬며시 미소를 지었다.

"그럴 리가 있나?"

용병단장 아서와 아론이 손을 맞잡았다.

이로써 칼리어스에 가즈펠 용병단원 500명이 주둔할 수 있게 되었다.

*　　　*　　　*

로즈웰에서 항구도시 레체나까지 가는 데 약 열흘이 걸리고, 거기에서 아르웬까지는 다시 열흘 하고도 닷새가 걸린다.

극동지방은 역풍을 뚫을 수 있는 삼각돛을 사용하는데, 이 지방 바람의 방향이 유독 자유자재로 바뀌는 탓이다.

덕분에 레체나의 항해 기술은 제국과 비교했을 때 월등히 뛰어난 편이다.

하지만 500명이나 되는 용병을 데리고 가자니 시간이 조금 더 지체되었다.

레체나 항해사를 끼고도 한 달 보름이나 걸려 도착한 아르 웬은 여름을 대비하는 준비로 눈코 뜰 새 없이 바쁜 나날을 보내고 있었다.

아르웬이 비옥한 것은 강수량이 다른 영지에 비해 많기 때문이다.

유프란티아 강은 여름이면 범람하여 농지에 적절히 물을 공급하기에 절대로 흉작이 들 일이 없었던 것이다.

하지만 그만큼 둑의 치수 공사를 철저히 하지 않으면 홍수로 농사를 망칠 수도 있다.

덕분에 아르웬은 밭농사보다는 논농사가 발달해 있었다.

아르웬의 외성 문에는 끝도 안 보이는 물소의 행렬이 이어지고 있었다.

"도대체 이 많은 물소를 다 어디서 데리고 오는 거지?"

샤렐이 난생처음 본 물소의 행렬에 놀라서 혼잣말을 했다.

그녀의 감탄사에 아론이 답했다.

"루멘트 동부에는 드넓은 초원지대가 있어 365일 풀이 자라지. 하지만 바람이 너무 심하게 불어서 농사를 짓기엔 별로 적합하지가 않아. 그래서 물소와 같은 가축을 치는 목축업이 발달해 있지. 아마도 이 소들은 거기서 오는 길일 거야."

"오호, 꽤나 박식한 면이 있는데, 영주 씨?"

"기본 중에 기본이지. 아무리 비루한 곳이라도 난 영주니까."

물소의 행렬을 따라 외성 문을 통과한 아론은 곧장 비단시장으로 향했다.

농업은 발달했지만 수공업이 발달하지 못해서 아르웬은 특히나 비단이 비싸게 팔린다.

비단의 시세를 들은 아서가 아론의 수완을 칭찬했다.

"생각 잘했군. 어떤 정보통이 있는지는 몰라도 로즈웰에서 비단을 가지고 온 것은 아주 탁월한 선택이었어."

로즈웰에서 1골드를 주고 산 비단이 무려 3골드에 팔리니 이 정도면 꽤나 짭짤하게 남는 장사이다.

"아는 것이 곧 힘이지. 어서 비단을 팔고 원자재 시장으로 가자고."

"원자재 시장?"

"철과 나무를 사야 하거든. 아참, 이 기회에 칼리어스에서 검이나 몇 자루 구해보게. 알다시피 칼리어스는 대장 기술이 대륙 최고니까."

샤렐이 아론의 제안에 크게 반색했다.

"아참, 그랬지! 쿡쿡, 영주 씨를 따라오니까 떨어지는 콩고물이 많아서 좋은 것 같아!"

"별말씀을."

아론은 원자재 시장에서 가능한 한 많은 양을 구매해서 로즈웰에서부터 끌고 온 상선에 실었다.

500명 정원의 교역선 다섯 대 분량을 모두 선적한 아론은 짐
꾼들을 대거 고용하여 칼리어스로 출발했다.

*   *   *

유프란티아 강을 타고 루야나드 남쪽 해안을 따라 항해하면
칼리어스에서 가장 가까운 항구 메시나가 나온다.

메시나는 부동항과 가장 가까운 곳이지만, 이곳 역시 몬스
터로 인한 피해로 북쪽으로는 절대 운항하지 않았다.

그 탓에 칼리어스로 들어가자면 이곳에서부터 육로로 이동
해야 한다.

메시나에 도착하니 벨리안이 미리 마중 나와 있었다.

"고생 많으셨습니다."

"고생은 무슨, 자네가 더 고생했지. 병사들의 상태는 어떤
가?"

"무기가 완성될 때쯤이면 영주님의 병법에 따라서 전투를
수행할 수 있을 것 같습니다."

"잘되었군."

기사단장 벨리안에게 용병단장 아서가 먼저 악수를 건넸다.

"반가우이. 용병단장 아서라고 하네."

"얘기는 많이 들었네. 자네들이 말로만 듣던 가즈펠 용병단
이군."

"후후, 낯간지럽네. 그저 작은 용병단에 불과한 것을."

아서가 이끄는 가즈펠 용병단은 칼리어스에서도 꽤나 유명 인사이다.

용병단이 생긴 지 500년이 더 되었고, 그동안 그들이 쌓은 명성은 제국에도 자자했다.

기사단장으로서는 더없이 반가울 따름이다.

"아무튼 반가우이."

벨리안은 선박에 가득 쌓인 자재들과 금화를 보고는 놀라지 않을 수 없었다.

"이, 이것을 전부 이번 원행으로 벌어들이신 겁니까?"

"우리도 한 방이 있어야 하지 않겠어?"

아론에 대한 무조건적인 믿음은 괜히 나오는 것이 아니었다.

칼리어스의 병사들은 배에서 짐을 내려 모두 마차에 싣고 다시 고향으로 향했다.

*　　*　　*

아론은 영지에 도착하자마자 중형 무기 제작 상황을 둘러보았다.

투석기와 발리스타를 제조하는 과정은 건물을 지어 올리는 것보다 복잡하다.

모든 것을 손으로 다 해결해야 하는 수고스러움은 물론이고, 아주 작은 결함 하나가 목숨과 직결되기에 혼신의 힘을 기울여야 하기 때문이다.

하지만 오랜 세월 대장 기술과 목공술이 발전해 온 만큼 노하우를 터득하는 속도가 남달랐다.

생산 과정을 획일화하여 대량으로 제조할 수 있게끔 발전시켜 놓은 것이다.

아론은 공성장비 제작 공정을 지켜보면서 놀라움을 금치 못했다.

"역시 자네들의 명성은 괜히 만들어진 것이 아닌 모양이군."

"헤헤, 쑥스럽습니다요."

이윽고 대장장이들이 새로 개발했다는 갑옷과 방패들을 가지고 왔다.

"보이는 물건이 바로 이중 갑옷입니다요."

아론은 대장장이가 만든 갑옷을 직접 입어보았다.

"겉은 강철을 제련해서 만들었고, 속은 김을 쐬어 단련한 목재를 덧대었습죠."

"오호라, 확실히 가볍군."

"나무 안쪽에는 양털과 몬스터 가죽을 집어넣어 추위에 아주 잘 견딜 수 있을 겁니다요."

아서는 말로만 듣던 칼리어스의 대장 기술에 그저 감탄사를 연발할 뿐이다.

"루멘트에서 나오는 명검은 죄다 칼리어스에서 나온다더니 정말이었군."

“내가 말하지 않았던가? 칼리어스의 대장 기술은 대륙 최고라고.”

이어서 아론이 말해두었던 장비들이 속속들이 줄을 지어 나왔다.

사람 키의 네 배나 되는 경량화 장창과 사각 방패, 그리고 몬스터 힘줄로 만든 대력궁이 그것이다.

“장창은 보병만 들고 다닐 수 있을 겁니다요. 기마병이 들고 다니기엔 너무 길이가 길어서 말입니다요. 대신 기병창은 무게와 강도를 조금 높여서 지금 만드는 중이니 곧 선을 보이겠습니다.”

아론이 장창을 들어보니 확실히 길이가 부담스러울 정도로 길었다.

하지만 이 정도 길이가 아니라면 대형 몬스터를 상대할 수가 없을뿐더러, 초근접 전투로 몬스터를 상대해야 하는 위험을 감수해야 할 것이다.

아서는 그중에서도 사람 키만 한 활을 보며 고개를 갸웃거렸다.

“그런데 이것은 누가 쓰려고 이렇게 크게 만든 것인가?”

“누구긴 사람이 쓰는 물건이지.”

“사람은 이렇게 큰 화살을 쏠 수가 없어. 괴물이라면 모를까.”

“후후, 나는 이것을 손으로 쏜다고는 하지 않았네.”

“손으로 쏘지 않아?”

아론은 일반적인 화살촉에 비해 무려 네 배나 무거운 신형 화살을 들고 자리에 엉덩이를 대고 누웠다.

"이렇게 자리에 누워서 활시위를 당기는 거지. 몬스터 힘줄로 만들어서 절대로 끊어질 리 없으니까. 게다가 물소 뿔은 탄력이 좋아서 조금 더 파괴력을 높여주지."

"오호라! 그런 방법이 있었군그래."

활의 손잡이 부분에는 네모난 받침대가 있는데, 이곳에 발을 대고 활시위를 먹이는 것이다.

아론이 활시위를 먹이고는 정밀하게 조준할 수 있는 가늠자를 바라보았다.

"이렇게 몸을 뒤로 당겨서 조준하면……."

꽈드드득!

피융!

묵직한 화살이 바람을 가르더니 성인 남자 허리만 한 나무를 뚫고 지나간다.

퍼억!

"오오!"

"우리 칼리어스의 장인들이 이 정도의 경지라네. 놀랍지 않은가?"

"헤헤, 쑥스럽습니다요, 나리."

"더군다나 이것들은 전부 나리께서 고안하신 것 아닙니까요? 이놈들이 뭐 한 게 있습니까요?"

아서는 아론이 이 모든 것을 개발했다는 것에 다시 한 번 놀랐다.

"자네 도대체 정체가 뭔가? 무슨 발명가라도 된단 말인가?"

"후후, 그럴지도 모르지."

이윽고 아론은 병사들의 훈련 상태를 체크하기 위해 움직였다.

＊　　　＊　　　＊

아론은 장창병과 대력궁병, 그리고 철갑기병을 육성하기 위해 상당히 혹독한 훈련을 시켜놓았다.

벨리안을 비롯한 기사들 또한 아론이 원하는 경지에 이르기 위해 하루가 멀다 하고 단련하는 중이었다.

대장장이들에게 부탁해서 만든 웨이트 트레이닝 기구들을 놓은 훈련장에서는 모래시계를 든 훈련교관이 호통치고 있었다.

"앞으로 1분이다! 어서 움직여라!"

"으아아악!"

훈련장은 악에 받친 기합 소리가 가득했다.

바벨부터 외줄타기, 헤머질, 턱걸이, 평행봉, 경사 윗몸일으키기, 변형 팔굽혀펴기 등, 운동 방법도 가지각색이다.

이 모든 것은 아론이 특전사를 비롯한 각종 특수부대와 태릉선수촌을 철저하게 분석해서 만든 트레이닝 법이었다.

불과 두 달 사이에 병사들의 몸은 이미 다부져질 대로 다부

져져 있었다.

한 사이클이 끝나는 시점, 휴식 시간이 주어졌다.

"휴식이다!"

순간, 병사와 기사들이 와르르 무너져 내린다.

"허억허억!"

훈련 중간에는 벌꿀과 치즈를 섞은 음료수를 제공하는데, 당분과 단백질을 보충하기 위함이다.

지방은 식사 때만 섭취하고 운동을 하는 도중에는 근육 산화 방지에 필요한 단백질과 비타민을 제공해 주어 근력과 지구력을 동시에 기를 수 있었다.

아론은 병사들의 훈련장을 지나 군마를 양성하는 벌판으로 향했다.

한겨울, 말들은 하얀 입김을 몰아내며 훈련에 열중하고 있었다.

군마는 기본적으로 일반적인 말에 비해 덩치도 크고 힘도 좋은 종자를 사용하지만, 아론은 말을 훈련시켜 중갑을 지고 달릴 수 있는 군마를 양성하기로 한 것이다.

더군다나 겁이 많은 말이 돌격하는 데 있어 몬스터는 피할 수 없는 장애물이기 때문에 훈련은 더더욱 필요했다.

아이스트롤의 피와 가죽에 익숙해지게 만들고 말의 근육량과 힘을 기르는 데 집중했다.

"이랴! 달려라!"

이히이잉!

하루 온종일 달려대는 통에 말이 기진맥진이지만, 조련사들은 쉴 틈을 주지 않았다.

"이런 기세라면 몬스터가 아니라 사람도 때려잡겠어."

"후후, 뭔가 말의 앞뒤가 바뀐 것 같군."

"출정은 언제로 잡았는가?"

"대체 식량과 무기 제조가 끝나는 대로 출정할 예정이네. 최소한 겨울이 오기 전에는 토벌을 끝내야 하니까."

"그럼 우리도 그에 맞춰서 준비하겠네."

"그래 주게."

토벌을 준비하는 동안 영지는 조금씩 발전해 나가고 있었다.

*　　　*　　　*

대형 공성장비와 개인 장비가 모두 완성이 되었고, 아녀자들이 만든 대체 식량도 모두 준비되었다.

그중에서도 아론은 벌꿀과 유당, 그리고 과일즙을 섞은 사탕을 시시때때로 먹을 수 있도록 했다.

격한 전투를 하게 되면 인간은 탈진할 정도로 기진맥진해진다.

그 가장 큰 이유가 바로 극도의 긴장감과 불안감이 가져오는 탈수 현상인데, 이것을 막기 위해서는 사탕과 같은 다당류 식품이 필수다.

몸이 가장 빠르게 흡수하는 탄수화물을 섭취하여 전투를 조금 더 매끄럽게 치르게 되는 것이다.

물론 과다 섭취를 막기 위해서 하루 적정량을 배급하여 복용하게 했다.

이렇게 하여 만반의 준비를 갖춘 8월의 중순, 아론이 은빛 갑주를 입고 단상 위에 섰다.

아버지 랭턴 대공이 사용하던 갑옷과 검이다.

단상에 올라선 아론이 검을 빼어 들었다.

챙!

"오늘 우리는 목숨을 버리기 위해 출정한다! 하지만 이 원정은 우리와 고향의 발전을 도모하기 위함이기도 하다!"

병사들의 표정에 굳은 의지가 엿보인다.

"그대들은 오늘을 위해 살을 바르고 뼈를 깎는 훈련을 버텨 냈다! 그러나 이것은 겨우 시작에 불과하다! 밖은 더 위험하며 또한 공포스럽다! 하지만 우리는 그 모든 것을 뛰어넘는 정예군이다! 저 무지한 몬스터들을 몰아내고 우리는 승리를 쟁취할 것이다!"

"와아아아아!"

"칼리어스에 영광이!"

아론은 좀 더 높이 검을 들었다.

"우리는 승리한다!"

"영주님 만세!"

"전군, 진군하라!"

뿌우!

칼리어스 사상 최초로 몬스터를 향한 반격이 시작되었다.

*   *   *

루멘트 제국 수도 아르웬.

황제파 귀족의 수장 시리스 공작이 귀족회의를 소집하기 위해 간의회의를 열었다. 제국의 모든 법안은 오로지 황제 칼번을 통해서 결정되지만, 그것을 황제에게 건의하는 것은 오로지 귀족회의의 권한이다.

제국의 총리수관인 시리스와 내각의 장관들이 모여 귀족회의를 앞두고 세부 일정을 조율하고 있었다.

황제의 귀에 들어가는 안건들이야 정당한 회의를 통해서 결정되는 것이 순리지만, 시리스는 애초에 화근이 되는 것을 모두 제거하기 위해 '간의회의' 라는 것을 만들었다.

귀족파가 낸 대부분의 안건은 이곳을 통과하지 못하고 기각되곤 했다.

"올해 세율에 대한 건의 사항은 이미 기각하기로 한 것 아니었소?"

시리스가 귀족파 귀족들이 올린 상소문을 집어 던지며 말했다.

재무관 에들란 자작이 씁쓸한 표정을 지었다.

"아시지 않습니까? 그들은 전쟁을 원치 않습니다. 아마도

각하의 뜻에 절대로 따르지 않을 겁니다. 모르긴 몰라도 폐하께 직접 상소를 올리지 않는 것을 다행으로 여겨야 할 겁니다."

지금 루멘트는 병탄을 위한 전쟁을 앞두고 있었고, 세율을 5% 올린다는 안건이 발의되었다.

내각을 단단히 구성하고 재정을 충족시켜야 하는 총리의 입장에서는 어쩔 수 없었다.

하지만 귀족파는 전쟁을 원하지 않았고, 세율을 올리는 안건에 반대하고 있었다.

"하여간 옹졸하기 짝이 없는 놈들이군. 어디 그래서 제국의 신하라고 할 수 있겠는가?"

"원래 그런 종자들인데 어쩌겠습니까?"

"흐음."

"다른 사람들은 몰라도 루파인 그 작자가 문제입니다. 궁정마법사단장이 앞뒤가 꽉 막혀 있으니 어쩔 도리가 없군요."

최장수 마법사 루파인은 궁정마법사단의 수장으로 제국 최초로 7서클 마스터에 오른 인물이다.

마법의 단계를 지칭하는 서클은 보통 인간의 몸으로 7서클까지 오르는 것이 한계라고 여겨지고 있다.

상아탑의 수장이 6서클 마스터인 것을 감안하면 그의 능력은 일개 기사단과 견주어도 손색이 없다.

그러니 그의 입김이 강한 것은 두말할 필요가 없다.

그런데 문제는 하필이면 그가 귀족파의 수장의 측근이라는 것이다.

일찍이 황제파 귀족이던 루파인은 랭턴이 사망하고 나서 곧바로 귀족파로 돌아섰다.

서로를 전우로서 예우하고 끔찍이도 아끼던 랭턴이 사망하고 나서인지 그는 예전보다 훨씬 고리타분해져 있었다.

국민에게 위해가 된다고 판단하면 절대로 타협하는 법이 없었다.

"거참, 한때는 전장의 신이라고 불리던 사람이 왜 그 모양이 된 건가?"

"이게 다 랭턴 그자 때문 아닙니까?"

"후우, 그 작자는 죽어서도 속을 썩이는군."

현 황도군 사령관 제피로스는 아주 작은 목소리로 중얼거렸다.

"그야… 랭턴이 검공 시절 세운 공적 때문이 아니겠습니까? 호랑이는 죽어서 가죽을 남기고 사람은 이름을 남긴다는데, 그 이름이 어디 가겠습니까?"

순간, 시리스가 사납게 인상을 구겼다.

"…제피로스 경, 말을 가려서 하시게."

기사 출신 제피로스는 시리스의 조카로 차기 가주로 지목된 상태다.

만약 시리스의 딸 크리스틴이 아들이었다면 그가 황도군 사령관이 되는 일은 없었을 것이다.

대대로 문신인 바티스티아 집안에서 기사가 난 것도 어불성설이건만, 랭턴을 신봉한다는 것은 있을 수도 없는 일이었다.

하지만 제피로스는 때때로 이따금 랭턴에 대한 얘기를 꺼내 시리스의 심기를 불편하게 만들었다.

시리스의 동생 엘리안이 제피로스의 옆구리를 꼬집었다.

"이놈이 실성을 하였군. 용서하십시오, 형님."

"…집안 단속을 도대체 어떻게 하는 거냐? 얼마나 개념이 없으면 간의회의에서 랭턴을 신봉한다는 식의 얘기가 나와?"

"죄송합니다, 형님!"

이윽고 시리스가 제피로스를 바라보며 나지막이 말했다.

"만약 다시 한 번 랭턴 그 작자의 이름을 거론한다면 차라리 집안의 대를 데릴사위로 잇는 편을 선택하겠다. 알겠느냐?"

제피로스는 흔들림 없이 그에게 정면으로 반박했다.

"아무리 그가 우리 가문과 원수라고는 하지만 그의 명성까지 더럽히는 것은 옹졸한 짓 아닙니까?"

"이, 이놈이 그런데……!"

"그리고 우리 집안에 자식이라고 크리스틴과 저 둘뿐인데 도대체 누굴 데릴사위로 들인다는 겁니까? 아니면 현 칼리어스 영주 아론 벨런티아를 당주로 세우기라도 하신단 말입니까?"

순간, 시리스가 회의실 책상을 내려쳤다.

쾅!

"보자보자 하니 못하는 말이 없군!"

"혀, 형님!"

제피로스가 자리에서 일어서며 말했다.

"굳이 이럴 것이라면 제가 없어도 회의는 돌아가겠지요. 그럼 저는 이만."

"제피로스!"

간의회의장에 모인 장관들이 무겁게 헛기침을 내뱉는다.

"크흠! 황도군 사령관이라는 자가 어찌……."

"아무래도 자질을 의심해야 하는 것 아닙니까?"

분노에 찬 시리스의 눈길이 이번에는 귀족들에게로 향한다.

"…지금 내 조카가 반푼이라는 건가?"

"그, 그런 뜻이 아니라……."

"아무리 못났어도 우리 가문의 차기 당주일세. 나와 척지고 싶지 않으면 말조심하게."

제피로스 때문에 회의 분위기가 엉망이 되었음에 시리스가 한숨을 내쉰다.

"제발 저 녀석 좀 어떻게 해봐. 네 자식이 아닌가?"

"후우, 죄송합니다. 제 말은 도통 들어먹지를 않습니다. 도대체 누구를 닮아서 저런 것인지……."

시리스는 씁쓸하게 웃었다.

"저런 면이 있어야 우리 가문을 이끌지. 언젠가는 정신을 차리겠지."

바스티아 가문은 개인의 혈통보다 가문을 우선시 여기는 집안이다.

불과 100년 전만 해도 족내혼을 원칙으로 했던 만큼 족벌주

의가 팽배한 곳이라 할 수 있었다.

앞으로 10년 후엔 시리스의 양자로 제피로스가 입적될 것이 분명했다.

시리스가 계속해서 회의를 주관하려는데, 내무장관이 새로운 소식을 전해왔다.

"각하."

"무슨 일인가?"

"지금 칼리어스에서 몬스터 토벌단을 조직했다고 합니다."

순간, 장내의 모든 장관이 고개를 갸웃거린다.

"토벌단? 다른 곳도 아니고 칼리어스에서?"

"예, 그렇습니다."

시리스를 포함한 장관들이 갑자기 폭소를 터뜨린다.

"하하하하! 미친 작자가 아닌가? 그곳이 어디라고 장벽을 넘는단 말인가?"

"그러게 말입니다."

"한데 병력의 규모가 조금 많습니다. 어쩌면 절반은 성공할지도……."

"규모가 많다?"

내무장관이 아주 작게 소리를 냈다.

"로즈웰에서 끌어온 용병단 500명이 지금 칼리어스에 주둔 중이라고 합니다."

"용병단?"

대륙 제일의 용병은 단연 로즈웰이고, 제국은 전쟁에 그들을 끌어들여 용병의 개입을 원활하게 할 작정이었다.

그만큼 그들의 기량이 뛰어나다는 소리다.

"어쩌다 그들이 칼리어스에……."

"자세한 경위는 잘 모르겠습니다. 하여간 지금 장벽 밖으로 진군하고 있다 합니다."

칼루나 산맥의 몬스터들이 미쳐서 날뛴 지 수백 년, 그것들을 토벌한다는 것은 있을 수 없는 일이었다.

패기와 수완이 대단하다고밖에 생각할 수 없다.

그러나 시리스의 사위이기도 한 그가 다른 집안의 사내라면 몰라도 벨런티아의 자식이라는 것이 문제였다.

"이것 참……."

"어떻게 해야 합니까? 지금이라도 출병을 막아야 합니까?"

"토벌과 같은 행위는 영주의 고유 권한일세. 만약 그랬다간 귀족파가 가만있겠는가?"

"하긴……."

시리스는 차분하게 가라앉은 눈으로 말했다.

"내버려 두게. 어차피 얼마 못 가 회군하고 말 걸세."

"예, 알겠습니다."

"하나 일단 동태는 계속 살피게."

"그렇게 하겠습니다."

시리스는 어쩐지 아론의 모습에서 랭턴의 그림자가 보이는 듯했다.

THE LORD OF FANTASY
9장
진군, 또 진군하라

장벽 뒤에 남은 병력은 50명. 이대로 대형 몬스터가 쳐들어오면 다소 버거울 수도 있는 숫자다.

하지만 벌판을 돌아다니는 몬스터들이 죄다 아론을 향해 달려들 것이기에 대형 몬스터가 들어올 가능성은 낮다.

더군다나 중형 무기들로 성벽을 거의 도배하다시피 했기 때문에 몬스터가 떼로 몰려온다고 해도 나흘은 버틸 수 있을 것이다.

아론은 칼리어스에서 몰고 나온 1,000명의 병력을 단일 체계로 묶었다.

안 그래도 적은 병력에 지휘 공백이 생기면 난감하기 때문이다.

장벽을 나온 지 반나절, 아론은 근거리에서 연기가 뭉게뭉게 피어오르고 있는 것을 보았다.

"사람도 살지 않은 곳에 어쩐 일로 연기가 피어오르는 것인가?"

"아무래도 오크 부락이 아닌가 싶습니다."

"오크?"

벨리안의 대답에 아서가 말을 보탰다.

"듣기로 오크의 체온은 인간에 비해 두 배가 높다지."

"그래서 저렇게 김이 모락모락 피어오른다?"

"아마 지금쯤이면 잠을 자고 있을 겁니다. 추위를 이기려면 한군데로 모여서 자는 편이 좋을 것이고, 그러다 보니 저렇게 수증기가 올라오는 것이죠."

아론은 군대에서 20인을 선별해서 척후를 세우기로 했다.

"가장 맨 앞줄의 첨병들을 일단 정지시키고 정찰을 띄우도록 하게. 우리의 첫 번째 진격지는 오크 부락이 될 걸세."

"예, 알겠습니다."

벨리안이 첨병부대로 달려갔고, 아론은 군대를 재정비시켰다.

토벌단에 참여한 이상 지휘 체계를 따르기로 한 용병단 역시 아론의 명령에 따라야 한다.

"전군은 지금 즉시 전투 준비 태세에 들어선다. 기병은 전방에, 장창병은 허리와 후미를 경계한다."

진군의 나팔을 울리지 않고 구두로 명령이 전달되기 시작했다.

지금은 해가 높이 뜬 정오, 야행성인 오크들을 급습하기엔 최적의 조건이었다.

잠시 후, 벨리안이 돌아왔다.

"정찰 결과 약 600마리가량 군락을 이룬 마을이 두 개라고 합니다."

"생각보단 양이 많군."

"어쩌시겠습니까?"

아론은 지체 없이 검을 뽑아 들었다.

스르릉!

아버지가 살아 계시던 시절, 아론 역시 검을 배운 적이 있다.

기사단장의 실력까지는 아니지만 오크 정도는 가볍게 벨 수 있는 경지다.

다만 돼지머리이나마 인간의 형상을 한 오크를 죽일 수 있을지가 의문이다.

아론은 용기를 냈다.

"지체 없이 속전속결로 끝을 본다."

"예, 영주님."

강철로 만든 면갑의 가더를 아래로 내린 아론이 기병대의 최전방에 섰다.

처음으로 겪는 전투, 아론은 깊게 심호흡을 하였다.

"후우!"

이윽고 아론이 검을 높이 치켜들며 외쳤다.

"기병대, 전진!"

"와아아아아아아!"

육중한 전투마들이 고삐를 당기자마자 흥분해서 전속력으로 내달리기 시작했다.

다그닥다그닥!

아론은 나무를 대충 엮어서 만들어놓은 오크 부락의 정문을 방패에 의지하여 돌파했다.

"칼리어스에 영광이!"

"영주님 만세!"

콰앙!

순간, 잠에 빠져 있던 오크들이 다급하게 일어났다.

"꾸웨에에에엑!"

마치 돼지가 울어대는 듯한 소리가 여기저기에 울려 퍼진다.

아론은 가장 먼저 눈에 들어오는 오크의 목덜미에 검을 날렸다.

"으아아악!"

퍼억!

촤락!

뜨거운 녹색 선혈이 아론의 얼굴로 튀어 올랐다.

인간의 피와 느낌이 비슷해 등골이 오싹하다.

하지만 여기서 멈출 수는 없는 노릇이다.

"나는 칼리어스의 영주다!"

아론은 우왕좌왕 병기를 집어 들기 위해 달려 다니는 오크들을 학살하기 시작했다.

"한 놈도 남기지 마라!"

"칼리어스 만세!"

"죽어라!"

촤락!

"쿠웨에엑!"

잠시 후, 두 번째 부락에 불덩어리가 떨어져 내린다.

슈우웅!

콰앙!

공병부대가 투석기와 발리스타로 포격을 시작한 것이다.

앞에는 기병, 뒤에는 불덩어리가 떨어져 내리니 오크들은 이게 무슨 재앙인가 싶을 것이다.

아론은 부대의 날개에 장창병을 세워 탈주로를 막았다.

"좌, 우군, 진을 펼쳐라!"

"충!"

촤라락!

거대한 장창들이 부딪쳐 마치 귀신의 울음소리가 들리는 듯하다.

그 소리는 오크들을 겁에 질리게 만들었고, 이내 정신줄을 놓고 당황하기 시작했다.

아무리 몬스터 중 가장 지능이 높다고는 하지만 제대로 된 사고를 하기엔 모자랐던 것이다.

이들이 영지를 향해 진격하는 이유는 알 수 없지만, 단순히 숫자만 많을 뿐 오합지졸이라는 것은 확실했다.

아론은 반격조차 하지 않는 오크들을 베고 또 베었다.

전장은 그저 살육이 난무할 뿐, 제대로 된 전투는 벌어지고 있지 않았다.

피비린내가 진동해서 속이 울렁거렸다.

하지만 아론은 쉴 틈도 없이 전장을 누비고 다녔다.

"승리가 눈앞이다! 무조건 사살하라!"

"와아아아아!"

처음부터 대형 몬스터들을 만났다면 승리의 기쁨을 병사들이 느끼지 못했을 것이다.

게다가 전장의 공포는 어딜 가도 마찬가지이기 때문에 처음부터 대형 전투를 겪으면 사기가 떨어질 수도 있다.

아론이 지휘하는 첫 전투치고는 아주 운이 좋았다고 할 수 있었다.

전투가 벌어진 지 30분, 그야말로 속전속결이었다.

오크 부락은 모두 불에 타고 있고, 병사들은 녹색 피를 뒤집어쓰고 있었다.

주변이 모두 정리된 것을 확인한 아론이 포효했다.

"칼리어스 만세!"

"와아아아아아!"

승리의 함성이 하늘을 진동시켰다.

                    *   *   *

　야심한 밤, 황제 칼번의 딸 엘레니아가 오랜만에 다과를 들고 컬번의 침소를 방문했다.

　"아바마마, 소녀 엘레니아이옵니다."

　"들어오너라."

　침소의 문이 열리며 이제 지천명에 이른 칼번의 모습이 보였다.

　다소 왜소한 체구에 백옥 같은 얼굴, 잘못하면 여인이라고 오해할 수 있을 정도이다.

　칼번의 외모에서 풍기는 느낌은 건장한 사내의 모습이라기보다는 자태 고운 귀부인의 느낌이다.

　젊어서부터 귀공자, 미소년과 같은 수식어가 꼬리표처럼 붙어 다니던 칼번이다.

　그의 외모가 어찌나 빼어났으면 남녀를 불문하고 제국의 꽃이라고까지 불렸겠는가?

　늙어서도 그 미모는 빛을 잃지 않고 있었다.

　엘레니아가 이렇게 미인인 것은 온전히 아버지 칼번을 닮았기 때문이다.

　하지만 항상 냉정을 유지하는 그의 얼굴에서는 어지간해서 웃음을 찾아볼 수가 없었다,

　이것이 칼번을 철혈의 군주라 칭하는 이유였다.

그는 그 어떤 상황에서도 냉철함을 잃는 법이 없었다.

"이 늦은 시각에 다 큰 아녀자가 성을 마구 돌아다니면 어쩌자는 것이냐?"

칼번은 상당히 고지식한 사람이기에 엘레니아의 이런 거동을 별로 달가워하지 않았다.

"소녀, 아바마마께 드릴 말씀이 있사옵니다."

"굳이 이 늦은 시각에 짐의 침소를 찾아야 할 정도로 중하더냐?"

"지금이 아니라면 감히 입에 올릴 수 없을 것 같사옵니다."

그녀의 결연한 표정을 바라보던 칼번이 고개를 갸웃거렸다.

"무슨 전쟁터에 나가는 장수라도 되는 모양이군. 무슨 말이 그렇게도 하고 싶은 것이냐?"

입술을 짓깨문 엘레니아가 칼번에게 말했다.

"소녀, 이 혼사를 치를 수 없나이다."

순간, 칼번의 눈에 분노가 스멀스멀 피어오르는 것이 보인다.

"…지금 뭐라고 한 것이냐? 다시 한 번 말해보아라! 뭐가 어째?"

"이렇게 짐짝처럼 팔려가는 신세가 될 수는 없나이다."

차갑게 굳어버린 칼번의 표정에서 찬바람이 사정없이 불어닥치는 것 같다.

"제국의 명운이 왔다 갔다 하는 일에 아녀자가, 그것도 황녀가 할 소리인가?!"

"하오나 아바마마……."

"닥쳐라! 어디 감히 네가 황실에 반항을 할 수 있단 말이더냐?!"

"이대로 시집을 가느니 차라리 평생 늙어 죽을 때까지 청상과부로 사는 편이 낫사옵니다!"

"뭐라?! 보자 보자 하니 못하는 말이 없군! 네 정녕 피를 토할 때까지 물고를 내야 정신을 차릴 모양이구나!"

진노한 칼번의 모습에 엘레니아가 눈물을 떨어뜨렸다.

"아바마마는 제가 가엽지도 않사옵니까? 이렇게 팔려가다시피 서른이 넘은 홀아비에게 시집을 가야 하는 소녀의 마음도 좀 헤아려 주시옵소서!"

그녀의 눈물에 냉철하던 칼번의 눈동자가 조금은 흔들리는 것 같다.

"이 아비라고 홀아비에게 너를 시집보내는 마음이 편할 성싶으냐? 짐도 네가 이렇게 팔려가는 것은 원치 않는다. 하지만 제국의 명운이 걸린 일이니라. 언제까지 아이엔 왕국이 저렇게 날뛰는 것을 두고 보란 말이더냐?"

칼번이 아이엔 왕국을 병탄하고자 하는 목적은 여러 가지지만, 이 일에는 확실한 명분이 있었다.

약 2년 전부터 아이엔 왕국은 루멘트와의 불가침조약을 자꾸 위반하는 도발 행위를 자행하고 있었으며, 제국의 해역에서 마음대로 조업을 하는 등 갈등을 조장해 왔다.

덕분에 재상 시리스는 아이엔 왕국과의 협상을 타결하기 위해 애썼지만, 소용이 없었다.

심지어 아이엔 왕국은 반제국주의를 앞세워 연합을 결성하고 루멘트를 압박하기까지 했다.

주변 국가 사이에서도 루멘트 제국의 신뢰도는 조금씩 떨어지고 있었고, 이대로 두고 볼 수 없는 지경이었던 것이다.

20년 전, 미완에 그쳤던 병탄 이외에는 답이 없었다.

엘레니아 역시 그것을 너무나도 잘 알고 있을 테지만 그녀는 제국의 황녀 이전에 여자였다.

"그렇지만 사랑하지도 않는 사람에게 시집을 가는 것은… 죽는 것이나 마찬가지이옵니다."

"에, 엘레니아!"

평소 상당히 순종적이고 슬기롭던 엘레니아가 이 난리를 치는 것이 아버지 칼번으로서는 무척이나 당혹스러운 모양이다.

칼번은 아까부터 자꾸 관자놀이를 문지르고 있다.

"도대체 사랑이 무슨 대수라고 그러는 것이냐? 마소티아 국왕은 무예도 출중하고 지략도 뛰어난 군주다. 이 정도면 너를 보낸다고 해도 전혀 아깝지 않을 정도지."

엘레니아는 머나먼 타지에서 나이 어린 후궁들에 밀려 자신이 어떻게 살지 너무나도 잘 알고 있었다.

"어마마마처럼 혼자서 쓸쓸하게 죽어가느니 차라리 스스로 자결하는 쪽을 택하겠사옵니다."

"뭐라?! 이 배은망덕한 녀석을 보았나?!"

진노한 칼번이 엘레니아의 뺨을 후려쳤다.

짝!

순간, 칼번의 손이 사시나무처럼 떨려온다.

"네 어미에 대한 얘기는… 더 이상 꺼내지 않기로 하지 않았
더냐?"

그녀는 퉁퉁 부어오르는 볼을 부여잡고 오열했다.

"어찌 잊으오리까! 저를 낳아주신 어머니가 아니옵니까!"

칼번은 모질게 고개를 돌려 버렸다.

"간 사람은 말이 없느니라. 더 이상 얘기하지 말거라."

"아바마마!"

"더 이상 듣기 싫다. 그리고 네 혼사는 예정대로 진행할 것
이니 그리 알라."

끝내 엘레니아가 칼번을 원망스러운 눈으로 바라보았다.

"…할바마마께서는 최소한 당신의 혈육을 정치에 이용하시
는 분은 아니셨사옵니다."

칼번은 더 이상 그녀를 쳐다보지 않는다.

"정치란 원래 그런 것이다. 나는 아바마마와는 다르다. 무
턱대고 무력으로 정복전쟁을 벌이는 피의 군주가 아니란 말이
다. 알겠느냐?"

"황제라는 자리는 자식마저 저버리게 만드는 것이옵니까?"

이윽고 울음을 그친 엘레니아의 눈빛이 사납게 변해 있었
다.

칼번은 끝까지 그녀에게 눈길을 주지 않았다.

"그만 나가보아라. 그렇지 않으면 근위병을 부를 것이다."

“……”

인사도 없이 돌아서는 엘레니아를 바라보는 칼번의 마음도 그리 편치는 않은 듯하다.

그는 지금까지 살면서 한 번도 후회라는 것을 해본 적이 없다.

하지만 지금 그는 태어나 처음으로 후회라는 감정이 어떤 것인지 어렴풋이 느낄 수 있었다.

아직도 딸의 얼굴에 닿았던 손바닥이 화끈거리는 것 같다.

“무심한 것.”

오늘 밤은 유독 잠이 오지 않을 것 같다는 생각이 든다.

*   *   *

원정 일주일째. 오크와 고블린 부락을 습격해 꽤나 넓은 안전 지역을 확보할 수 있었다.

피비린내가 진동하는 전장을 정리하는 즉시 아론은 성채를 쌓을 것을 지시했다.

대낮에도 영하 20도까지 떨어지는 칼리어스의 혹한은 오히려 성채를 쌓는 데 도움이 되고 있었다.

돌과 진흙을 섞어서 틀에 붓기만 하면 단단한 얼음 장벽이 탄생하기 때문이다.

물론 그것이 제대로 양생되는 시점까지 기다리는 것이 관건이었다.

하루에 1㎞나 되는 장벽을 쌓을 수 있었던 것은 모두 거중기의 힘 덕분이었다.

200m 두께의 장벽은 아니었지만 상당히 단단한 장벽이 완성되고 있었다.

하지만 원정은 아직 절반도 끝나지 않았다.

이제 성채 일곱 개를 만들었을 뿐, 목적지를 향하는 길은 험난하기만 했다.

더군다나 오늘은 매섭게 눈보라가 몰아쳐 온다.

휘이이이잉!

"영주님, 오늘은 진군을 멈추는 것이 좋을 것 같습니다. 가시거리도 확보되지 못하는 마당에 진군을 고수했다간 전멸할 수도 있습니다."

아론은 벨리안의 말에 전적으로 동의했다.

"내 생각도 마찬가지야. 이 상태로는 절대로 진군할 수 없지. 병사들에게 성채 안에서 휴식을 취하고 출발한다고 전해 주게."

"예, 알겠습니다."

벨리안이 막사를 나가고, 아론은 이곳의 지형을 살펴보았다.

장벽이 생기기 전, 칼리어스의 개척자들이 만들어둔 지도를 토대로 이곳의 위치를 가늠해 보았다.

이곳은 부동항에서 약 15㎞ 떨어진 곳으로, 급격하게 날씨가 풀리는 곳과 딱 중간에 있다.

칼리어스의 연안은 대체적으로 여름에는 온난한 기류가 흐르는 곳이다.

내륙은 춥지만 바다가 보이는 곳까지 나아가기만 하면 난기류가 흐르는 곳이 펼쳐지는 것이다.

지금까지 수백 년 동안 아무도 그곳에 도달한 사람은 없었으나, 분명한 것은 이것으로 인하여 칼리어스에는 한줄기 빛이 비출 것이라는 것이다.

아마 바다에 도달하기만 하면 식량을 걱정할 필요는 없을 것이다.

잠시 후, 벨리안이 막사 안으로 다시 들어왔다.

"영주님, 잠시 밖으로 나와보셔야겠습니다."

"무슨 일인가?"

"일단 이쪽으로 오시지요."

아론은 무슨 일인가 싶어 벨리안을 따랐다.

휘이이이이이이이잉!

막사를 나서는 즉시 온몸이 얼어붙을 것 같은 칼바람이 불어온다.

도저히 봄이라는 것이 믿어지지 않을 정도의 혹한이다.

눈보라를 헤치고 나온 아론은 벨리안이 가리키는 방향으로 고개를 돌렸다.

"저기를 좀 보십시오."

순간, 아론은 자신의 눈을 의심했다.

저 멀리 어디선가 아른거리는 불빛이 보였기 때문이다.

"분명 장벽 너머에는 사람이 살지 않는다고 하지 않았던 가?"

"물론 그랬지요."

"그럼 저것들은 다 무엇이란 말인가?"

"아무래도 우리 말고도 부동항에 닿으려는 사람들이 있는 것 같습니다."

"부동항을 향하고 있다?"

"칼리어스의 부동항은 버려진 지 오래되긴 했지만 여전히 군사적 요충지임에 틀림없습니다. 더군다나 예전부터 이곳은 대륙과 대륙을 잇는 소통의 장이었으니 누구나 탐내는 곳이지 요."

"흐음."

"저들이 어디서 왔는지는 몰라도 절대로 제국에서 파견한 사람들은 아닐 겁니다. 제국은 이미 칼리어스의 부동항을 포 기했으니까요."

아론은 불빛에 대한 조사에 착수하기 위해 기사단을 소집시 켰다.

"눈발을 헤치고 나갈 수 있는 장비를 꾸려서 조사단을 파견 한다. 그리고 불빛은 최대한 숨긴 채로 이동하도록."

"예, 알겠습니다."

현재 이곳의 주둔 병력은 등화관제를 철저히 지키고 있었 다.

몬스터들은 밝은 빛에 민감해서 금방이라도 습격을 받을 수 있기 때문이다.

그렇다면 저들은 아직 칼리어스 군을 발견하지 못했을 수도
있다.

"교전은 되도록 피하도록 하게. 하지만 그래도 전투가 벌어
진다면 피해를 최소화해서 본진으로 복귀하는 것에 집중하도
록."

배낭에서 붉은색이 감도는 가루를 꺼낸 아론이 그것을 기사
들에게 나누어 주며 말했다.

"이것은 구리일세. 만약 저들이 적군이라면 그냥 불화살을,
적군이 아니라면 이것을 섞어서 하늘로 쏘아 올리게. 그리고
적군의 숫자가 전투를 준비할 만큼이라면 100명당 한 발씩 화
살을 쏘아 올리게."

기사들이 고개를 갸웃거렸다.

"이게 뭡니까?"

"구리일세. 구리는 불에 타면서 청록색 불꽃을 만들어낸다
네. 아마 이 정도 양이면 불화살을 날려서 신호를 하는 데 전
혀 문제가 없을 거야."

아마 중학교를 제대로 졸업한 사람이라면 원소에 따라 불꽃
반응이 다르게 나타난다는 것쯤은 잘 알고 있을 것이다.

아론은 군사 신호 체계를 확립하기 위해 수많은 고심을 했
는데, 그런 끝에 고안해 낸 것이 바로 불꽃 반응이었다.

광산을 옆구리에 끼고 사는 광부가 아닌 다음에야 구리가
불에 타면서 청록색을 낸다는 것을 아는 영지민은 아주 드물

것이다.

기사들은 아론의 지식에 감탄을 자아냈다.

"도대체 이런 지식은 어디서 얻어내시는 건지 놀랍기만 합니다."

"후후, 별것 아니야. 아무튼 지금 당장 수색대를 파견하게."

"예, 알겠습니다."

한 명의 기사와 30명의 수색대가 길을 떠나기로 했다.

＊　　　＊　　　＊

눈보라는 시간이 지날수록 거세져 갔고, 병사들은 막사 안에서 조금 더 몸을 웅크릴 수밖에 없었다.

하지만 고생을 자처한 수색대는 칼바람을 간신히 이겨내며 걸음을 재촉했다.

휘이이이이잉!

이들은 대부분 기병 출신 병사들로 체력으로는 군 내부에서도 으뜸인 자들이다.

더군다나 칼리어스에서 태어나 자란 그들은 추위에 특화되어 어떻게 눈보라를 헤치고 가는지 너무나도 잘 알고 있었다.

뾰족한 고깔모자를 투구의 앞에 덧대고 최대한 몸을 숙이고 걸었다.

이렇게 하면 바람의 저항을 덜 받아서 그나마 힘을 덜 들이고 눈보라를 헤치고 나갈 수 있다.

"대장님, 앞에 구릉이 보입니다."

그렇게 눈보라를 뚫고 걸은 지 약 네 시간. 저 멀리 모닥불을 피워놓은 막사가 눈에 들어온다.

"잠시 정지한다."

하쿤은 막사 위에 매달린 문양을 뚫어지게 쳐다보았다.

순간, 하쿤의 표정이 와락 일그러졌다.

"…아이엔 왕국이다. 어서 본진으로 돌아가야 할 것 같군."

"먼저 영주님에게 불꽃으로 신호를 해야 하지 않겠습니까?"

"좋은 생각이다. 하지만 이곳에서 멀리 떨어진 곳에서 신호를 보내도록 하지."

"예, 알겠습니다."

곧바로 몸을 숙여 낮은 포복으로 진영을 벗어난 병사들은 바람을 등에 지고 달리기 시작했다.

하쿤은 진영을 떠나오면서 아론에게 받은 배낭을 풀었다.

"신속하게 영주님의 말씀대로 조립에 들어간다."

"예, 대장님."

아론이 그들에게 준 것은 돛이 달린 썰매로, 바람을 등진 상태에서 언덕을 내리 달리기엔 아주 안성맞춤이었다.

약 세 시간을 산을 오르기만 한 이들에게 썰매는 그야말로 쾌속선이나 마찬가지였다.

차례대로 번호가 새겨진 부품을 끼워 맞추고 나니 열 명씩 나누어 탈 수 있는 썰매가 완성되었다.

"지금 즉시 출발한다. 후미의 조타수들은 방향이 틀어지지 않도록 유의하도록.”

“예, 알겠습니다.”

이윽고 자리에 앉은 병사들이 몸을 최대한 뒤로 젖히자, 썰매가 설원을 미끄러지듯 달리기 시작한다.

쉬이이이이익!

그리고 돛이 바람의 영향을 받아 엄청난 속도로 언덕을 내려갔다.

펄럭!

바닷가에서 배를 띄우는 것과는 비교도 할 수 없는 속도다.

“크으윽!”

때문에 칼바람이 얼굴을 자꾸 때리는 바람에 고통은 점점 더 심해졌다.

오로지 몬스터 가죽 하나에 의지해 추위를 이겨낸다는 것은 칼리어스 청년들에게도 버거운 일이었던 것이다.

하지만 그들은 서로의 체온으로 얼굴을 녹이며 계속해서 달리고 또 달렸다.

그렇게 언덕을 내려온 지 30분, 언덕이 끝나는 지점에서 하쿤이 화살을 꺼내 들었다.

“부싯돌을 꺼내라!”

틱틱!

천으로 바람을 막아 화살에 불을 붙이고 바람이 부는 반대 방향으로 활시위를 먹였다.

석유가 발라져 있으니 바람에도 불은 꺼지지 않을 것이다.

　　병사들은 신호탄을 쏘아 올렸고, 수색대는 계속해서 길을
재촉했다.

*　　*　　*

　　전방에 정확하게 불화살이 튀어 올랐다. 일반적인 불화살이
었다.

　　더군다나 그 숫자가 20개였다. 그렇다는 것은 병력의 수가
이천 명이 넘는다는 소리다.

　　"그저 놀라울 따름입니다. 어떻게 이곳까지 이천 명의 병력
이 들어올 수 있단 말입니까?"

　　아론은 칼리어스 전도를 펼쳤다.

　　"가능성은 있어. 빙하를 타고 도보로 오면 충분히 도달할 수
있다."

　　"하지만 그곳에는 아직까지 몬스터가 있는지 없는지 모르
지 않습니까?"

　　"이것으로 북부 빙하지대에는 몬스터가 비교적 적다는 것
이 밝혀진 셈이지."

　　이어 아론은 지도의 남쪽을 가리켰다.

　　"더 이상 저들이 뚫고 들어왔을 루트는 없다. 부동항 근방에
는 아직까지 몬스터들이 우글거릴 테고, 그 바로 아래는 모두
관문과 주둔지가 있으니까."

　　"집념이 대단한 놈들이군요."

이렇게까지 강한 집념을 가질 만한 사람은 단 하나였다.

"아이엔 왕국이 틀림없다."

지금은 제국이 아이엔 왕국에 대한 병탄을 공표했고, 선전 포고가 이미 선언된 상태이다.

그렇다는 것은 전시에 준하는 상황이라는 소리인데, 지금 같은 시국에 병력이 주둔하고 있다는 것은 명백한 도발 행위였다.

게다가 제국의 모든 영지에서 일어나는 일은 영주의 권한으로 처리된다.

만약 여기서 보고 없이 전투를 벌여도 전혀 문제될 것이 없다는 소리다.

아니, 어쩌면 전투를 벌이지 않고 적장을 살려주는 것이 문제될 수도 있다.

"만약 아이엔 왕국군이 확실하다면 전투는 피할 수 없겠군."

"이곳의 환경은 우리에게 유리합니다. 숫자는 두 배나 차이 나지만 해볼 만한 싸움이라고 사료됩니다."

고민할 여지가 없었다. 자군이 아니라면 무조건 적군인 상황이 아니던가?

아론은 전군에 전투 준비 태세를 명령했다.

"좋다. 적진으로 조용히 진군한다."

"예, 알겠습니다."

"눈보라가 치고 있으니 기마병을 포함, 모든 병사는 최대한 천천히 진군한다."

"예, 알겠습니다."

아론 역시 이곳에서 20년을 넘게 산 사람이다.

날씨와 지형에는 이미 도가 튼 지 오래다.

"보아하니 눈보라는 사나흘이면 그치겠군."

"눈은 계속 내려도 바람은 영주님의 예상대로 그칠 겁니다."

가시거리가 확보되지 않겠지만, 어둠은 오히려 습격의 가장 좋은 조건이다.

"잘되었군. 저곳까지 진격하는 데 약 다섯 시간, 전투는 두 시간 안에 끝낸다."

"예, 영주님."

아론 역시 병사들과 함께 말에 올랐다.

"최대한 정체를 숨기고 다가간다. 진군을 시작하라."

진군의 나팔도 없이 최대한 조용히 진군이 시작되었다.

*　　　*　　　*

루멘트 제국이 아이엔 왕국에 선전포고를 하였고, 두 국가는 본격적인 전쟁 준비에 돌입했다.

서북부 연합 네 개 왕국과 함께 전쟁을 준비하던 아이엔 왕국은 그 어떤 누구도 예상하지 못한 작전을 준비했다.

대륙 간 교두보 역할을 하던 칼리어스의 부동항이 바로 그것이었다.

루야나드 대륙의 북쪽 끝에 있는 칼리어스는 아이엔 왕국과는 상당히 멀어 보이지만 실상은 그렇지가 못했다.

부동항에서 배를 띄우면 서부 해안의 관문 메시나를 지나 유프란티아 강으로 흘러들게 된다.

물때와 바람만 잘 만나면 보름 안에 수도까지 진격할 수도 있을 것이다.

아이엔 왕국의 총사령관 제이든 공작은 이곳에 비밀 기지를 건설하고 곧바로 심장부를 타격하는 비밀 작전을 고안해 낸 것이다.

제이든은 국왕의 승인 하에 무려 삼천 명이나 되는 병력을 이곳으로 파견했고, 북극의 얼음 지대를 통해서 부동항으로 진격하기로 했다.

아이쉴라 대륙에서부터 배를 띄워 북극 빙하 지대에 상륙한 삼천의 병사와 오백 명의 기술자는 아주 천천히 진군을 시작했다.

하지만 그 길은 너무나 험난하고 또한 무시무시했다.

무려 80㎞나 되는 길고 긴 툰드라 지역을 지나 칼리어스 북부 벌판에 도달하자마자 몬스터들이 우글거렸던 것이다.

툰드라 지역을 지나는 동안 병력의 절반이 죽었고, 기술자들은 진즉 얼어 죽었다.

그러나 아이엔 왕국군은 진격을 멈추지 않았다.

남은 병력은 이천여 명이 고작이었지만, 그만큼 보급 물자는 풍족해졌기에 오히려 진군은 좀 더 수월했다.

그렇게 한 달, 기나긴 싸움의 끝이 보이는 듯했다.

이제 남은 거리는 일주일, 일주일이면 푸른 바다를 구경할 수 있게 되는 것이다.

그러나 지금까지의 고행은 시작에 불과했다. 아직 이른 봄임에도 불구하고 이곳에는 하루 종일 눈보라가 몰아쳤던 것이다.

상륙부대장 가르나 자작은 적당한 구릉에 진영을 펼치고 숙영을 하기로 했다.

하지만 그 또한 쉽지가 않았다.

아무리 옷을 여미고 숙영지에 불을 피워도 그리 간단하게 추위를 이겨낼 수 없었던 것이다.

지금까지 따뜻한 내륙에서만 살아온 아이엔 왕국군에게는 그야말로 지옥이 따로 없었다.

"각하! 큰일입니다!"

"무슨 일인가?"

"지금 동상에 걸려 발을 자르게 생긴 병사가 벌써 백 명이 넘는다고 합니다!"

"뭐라?! 동상?!"

이곳의 기후를 제대로 파악하지 못한 아이엔 왕국군은 털과 천으로 된 군화를 만들었고, 그것은 곧 동상으로 가는 지름길이었다.

얇은 동물 가죽으로 방수를 해놓은 탓에 물기가 군화를 뚫고 들어온 것이다.

게다가 날씨는 바다에서 멀어지면 멀어질수록 지독해져서 이제는 제대로 돌아다닐 수조차 없을 지경이었다.

"이대로 가만히 있다간 모두 얼어 죽고 말 겁니다. 어서 방책을 마련해야 할 듯싶습니다."

주변에 있는 나무란 나무는 죄다 끌어 모아 불을 피워놓았지만 이제 그것도 얼마 버티지 못할 것이다.

이곳은 워낙에 추워서 침엽수조차 자라지 않는 허허벌판이었기 때문이다.

가르나는 이것이 왕국군에게 닥친 최대의 위기라고 생각했다.

"큰일이군. 이를 도대체 어쩌면 좋단 말인가?"

그나마 물자가 풍족해서 굶어 죽는 병사는 생기지 않고 있었지만, 이제는 병력이 죄다 얼어 죽을 판이었다.

그는 더 이상 구릉에서 머무를 수 없다고 판단했다.

"지금 당장 조사단을 꾸려 이 근방에 사람이 지낼 만한 동굴이 있는지 알아보도록 하게."

"예, 알겠습니다."

즉시 조사단이 출발했고, 무려 이백 명이나 되는 병사가 구릉의 주변을 이 잡듯이 뒤졌다.

그러기를 네 시간, 조사단이 도착했다.

하지만 그들의 절반은 이미 실종되거나 살해된 이후였다.

"각하, 주변의 동굴은 모두 몬스터들이 우글거립니다. 그나마 이곳이 가장 안전한 곳이라고 합니다."

"모, 몬스터?!"

"부동항이 버려진 것이 몬스터 때문이라고 하더니 정말인 모양입니다."

진퇴양난이다. 더 이상 뒤로 물러날 곳은 없고 이곳에서 철수하는 수밖에 없었다.

"하는 수 없다. 이곳을 벗어나 다시 침엽수림으로 돌아간다."

"하, 하지만……."

"사람의 목숨이 우선이다. 책임은 내가 진다."

"알겠습니다. 명령에 따르겠습니다."

"일단 군사들에게 충분히 몸을 녹일 시간을 주고 동이 트면 출발한다."

그리하여 철군은 결정되었고, 이제 그는 좌천되는 신세로 전락하는 일만 남았다.

가슴이 찢어질 것같이 괴롭지만 이천 명이 넘는 병사를 더 이상 희생시킬 수는 없는 노릇이었다.

그 역시 몸을 녹이고 철군을 준비하던 바로 그때였다.

"각하! 큰일입니다! 습격입니다!"

"습격?!"

"지금 칼리어스 군이 우리 진영으로 불덩이와 화살을 퍼붓고 있습니다!"

"이, 이런 말도 안 되는……!"

"어서 피하셔야 합니다!"

"젠장!"

몬스터를 피해 도망가려다 오히려 사람에게 걸려 죽게 생겼다니 통탄할 노릇이었다.

검과 갑주만 챙겨 막사 밖으로 나온 가르나는 자신의 눈앞에 펼쳐진 생지옥을 두 눈으로 똑똑히 보았다.

슈웅!

콰앙!

"크허어억!"

"불이다! 어서 불을 꺼라!"

"돌덩이다! 돌덩이다! 어서 피해라!"

적군의 모습은 보이지도 않는데 병사들은 속수무책으로 죽어나가고 있었다.

그러다 불현듯 포격이 멈추었다.

우왕좌왕하던 병사들은 별안간 불비가 내리지 않게 되었음에 어서 이곳을 빠져나가기 위한 차비를 서둘렀다.

하지만 그들의 희망은 여지없이 무너져 내리고 말았다.

"나를 따르라!"

"와아아아아아!"

"칼리어스 만세!"

멀리서 번쩍거리는 철갑을 두른 기마대가 대지를 울리며 달려오고 있었다.

두구두구두구!

순간, 가르나는 자신의 명운이 여기까지라는 것을 직감했다.

잠시 후, 그 직감은 현실이 되어 눈앞에 펼쳐졌다.

"적장이다! 적장을 잡아라!"

"비, 빌어먹을!"

"허업!"

퍼억!

아무리 검술이 뛰어난 가르나라고는 하지만 두꺼운 중갑을 뚫어낼 수는 없었다.

기지를 발휘에 휘두른 검은 말의 중갑에 부딪쳐 부러져 버렸고, 그의 목덜미에 젊은 영주의 검이 스쳤다.

팅!

촤락!

푸하아악!

"크허억!"

목덜미에서 뜨거운 선혈이 쏟아져 나오는 순간, 은색 갑주를 입은 사내가 소리쳤다.

"적장의 목을 벴다!"

"와아아아아아아!"

'어머니……'

가르나의 의식이 서서히 멀어져 간다. 그리고 그 사이로 어머니의 따뜻한 미소가 보인다.

어머니의 품에 안기기 위해 손을 뻗은 가르나는 끝내 그 손을 잡지 못했다.

"꼬르륵! 쿨럭!"

털썩.

그의 팔이 차가운 땅에 떨어져 내렸다.

아이엔 왕국력 343년, 가르나 자작이 이끄는 비공식 상륙군
은 길고 긴 원정 끝에 전멸하고 말았다.

THE LORD OF FANTASY
10장
남자답게

쾌적하고 깔끔한 화수의 자취방. 시원한 냉풍기가 돌아가고 있지만 어쩐지 그의 몸은 땀으로 흠뻑 젖어 있었다.

"…빌어먹을. 승리라는 것이 결코 좋은 것만은 아니군."

아직도 적장의 목덜미를 벴던 감각이 남아 있는 것 같았다.

손에서는 피비린내가 진동하고 있었고, 죽어가던 그의 손이 머문 허벅지에는 시퍼런 멍이 들어 있었다.

적장이 죽으면서 젖 먹던 힘을 다해 화수의 허벅지를 붙잡았던 것이다.

그러면서 남긴 그의 한마디는 화수의 머리를 어지럽게 만들었다.

'어머니……'

화수는 자리에서 일어서 곧장 맥주를 한 캔을 들이켰다.

꿀꺽꿀꺽!

"크흐!"

영지를 위해서 한 일이지만, 그것은 명백한 살인이었다.

태어나 처음으로 살인을 경험한 화수는 정복이라는 것이 결코 유쾌한 것이 아니라는 것을 깨닫게 되었다.

하지만 그를 따르는 많은 영지민을 위해서라면 그 또한 감내해야 할 것이다.

그곳에서 영주라면 이곳에서는 사장이다.

화수는 충격을 딛고 출근을 준비했다.

검은색 정장에 흰색 와이셔츠를 입고 단정히 머리를 매만졌다.

거울에 비친 모습을 바라보니 이제는 미남 소리를 듣는 그의 얼굴이 보인다.

"뭐, 나쁘지는 않군."

삶을 영유한다는 것 자체가 고통인데, 이렇게 괴로워하고 있을 여유는 없었다.

이윽고 한밭당으로 향하려는 그의 핸드폰이 울린다.

—카톡!

요즘 새로 메신저를 시작한 화수는 거래처 사람들에게 전화번호를 돌리고 가끔은 채팅으로 스케줄을 잡기도 했다.

메시지를 확인해 보니 거래처 사람이 아니다.

[화수야, 안녕?]

누군가 보니 이름이 유라라고 되어 있다.

이른 아침에 그녀에게서 메시지라니 뜻밖이다.

화수는 잠시 고민하다 자연스럽게 답장을 보냈다.

[유라구나. 오늘 날씨 좋네.]

그녀는 화수가 메시지를 보내는 즉시 확인하고 답장을 보낸다.

[응, 그러게‥ 오늘 토요일인데 뭐해?]

그는 잠시 자신의 스케줄이 어떻게 되는지 생각해 보았다.

[출근해야지. 한밭당 인수한 지 얼마 되지 않았으니까.]

[아, 그래?]

단답형으로 메시지가 오더니 이내 곧바로 다시 메시지가 온다.

[그럼 오늘 하루 종일 바쁜 거야?]

[아니, 그런 것은 아니고 할 일만 끝나면 딱히 할 것은 없어. 정산하고 거래처 들르는 정도? 그런데 내 스케줄은 왜?]

그런데 마지막 메시지 이후 화수가 집을 나서는 동안에도 답장이 오지 않는다.

화수는 읽어놓고 답장을 하지 않는 그녀의 태도에 의아함을 느꼈다.

"뭐야? 스케줄 물어봐 놓고 왜 연락을 안 하지?"

이윽고 그녀에게서 다시 메시지가 왔다.

[시간 되면 밥이나 같이 먹을까?]

서둘러 버스를 탄 화수가 스마트폰 액정을 한참이나 바라본다.

"헉!"

지금 그에게 태어나 처음으로 여자가 먼저 식사를 하자고 제안을 해온 것이다.

기분이 좋으면서도 어쩐지 망설여지는 것은 화수의 경험이 부족한 탓일까?

화수는 그나마 연애 경험이 풍부한 세진을 찾았다.

＊　　　＊　　　＊

점심시간, 대전 은행동의 한 카페에서 화수는 오늘의 일에 대해 세진에게 물었다.

"…어떻게 생각하냐?"

세진은 아까부터 용돈이 달린다고 시도 때도 가리지 않고 인형 눈알을 붙이고 있다.

"흐음, 확실히 여자 쪽에서 먼저 접근한다는 건 부담스러운 일이지."

"그럼 어떻게 할까? 만나지 마?"

다급하게 묻는 화수의 뒤통수에 세진의 손바닥이 작렬한다.

딱!

"아, 아야!"

"야, 이 멍청한 자식아, 이 좋은 기회를 그냥 놓치냐?"

"그, 그럼?"

“뭘 그럼이야? 기왕지사 이렇게 된 김에 밥도 먹고 술도 먹고 그래.”

“그래도 될까? 초등학교 때 나랑 계속해서 짝꿍으로…….”

세진은 화수에게 인형 눈알을 집어 던졌다.

후두둑!

“야, 야!”

“이게 사람 좀 된 줄 알았더니 영 글러먹었구먼?”

“뭐, 뭐가 어째?”

“얼굴만 멀쩡하면 뭐하나? 하는 짓은 병신 중에서도 상병신 이구먼.”

세진은 화수의 지갑에 무언가를 쑤셔 넣더니 자리에서 일어 섰다.

“두 번 말 안 한다. 본능이 시키는 대로 움직여.”

“본능?”

겉으로 만져지기에 뭔가 동그랗고 미끌거리는 것이 들어 있 는 것 같다.

“헉, 이건……!”

순간, 화수는 이것이 말로만 듣던 비밀의 장화라는 것을 알 수 있었다.

세진은 손가락 두 개를 내밀었다.

“원래 이게 얇을수록 좋은 거야. 알아? 후후, 형이 아끼는 거 다. 비싼 거야. 그러니 필요한 순간이 오면 절대 주저하지 마. 알았지?”

“야, 야 인마!”

“아무튼 어영부영 지지부진하다간 모처럼 만의 기회가 날아간다는 것만 알아둬.”

이윽고 세진은 뒤도 돌아보지 않고 일어섰다.

“세진아!”

홀로 남은 화수는 깊은 한숨을 내쉬었다.

어쩌면 혼자 난리법석을 떠는 것인지도 모르지만, 그에게 이런 상황은 태어나 처음이었다.

*　　*　　*

순도 95%의 금괴를 차곡차곡 모아 정제를 시키고 다시 순금으로 바꾸는 일은 생각보다 간단하면서도 어려운 일이었다.

우선 금괴 상태의 금은 세공 목적으로 녹여서 다시 정세 과정을 거치게 된다.

그렇게 되면 순도 99.99%의 포나인(Four nine)급 금괴가 탄생하게 된다.

순도가 완벽해지면 이것을 런던 금 거래소에서 공증을 받아 한밭당의 직인을 찍는다.

이렇게 하여 순금 바가 탄생하게 되고, 이것은 시중으로 나가거나 금 매매상인들에게 넘어가게 된다.

이전에 화수가 제값의 80%를 받았다면 지금은 95% 선까지 끌어올릴 수 있게 되었다.

현금 유동이 이렇게 원활하게 되니 이제 슬슬 잉여 자금이 쌓이기 시작했다.

금은방을 유지하고 세금을 성실히 다 내도 흑자로 인해 재정이 탄탄해진 것이다.

가장 먼저 화수는 집을 옮기기로 했다.

가난한 반 전세방에서 벗어나 어엿한 전세로 이사를 계획하고 있었던 것이다.

한밭당을 거래한 공인중개사에서는 화수에게 쓰리 룸 주인 세대를 추천했다.

"원하시는 물건이 1억 선이라고 하셨죠?"

"예, 한 삼천 정도 더 쓸 수도 있습니다."

"그럼 은행동에서 그리 멀지 않은 곳으로 전세는 어떠신지요? 주인 세대는 관리비도 덜 들고 집도 더 좋습니다. 심지어 베란다 대신 뒤뜰이 있는 경우도 있습니다."

"다세대 주택에 뒤뜰이요?"

"요즘은 건물을 하도 잘 빼놓아서 별의별 편의 시설이 다 있지요. 어떠십니까? 한번 보러 가시겠습니까?"

"네, 알겠습니다."

공인중계사의 자동차를 타고 다세대 주택에 도착한 화수는 이곳이 번화가 근처임에도 상당히 조용하다는 것을 알 수 있었다.

"아시죠? 용운동으로 넘어가는 길목은 차들이 적어서 아주 조용합니다. 더군다나 이곳은 대학가를 끼고 있으면서도 도로는 적당히 멀고 번화가는 가까운 편이지요."

실제로 이곳은 편의점과 세탁소, 약국 등 사람이 살아가는 데 필요한 편의시설을 모두 갖추고 있었다.

"조금만 더 나가시면 대형마트도 있으니 장을 보시는 데 아주 좋을 겁니다."

"이렇게 입지가 좋은데 일억 삼천밖에 안 한다고요?"

공인중계사가 보여준 집은 38평에 뒤뜰까지 갖추고 있었다.

그런데도 동급 아파트에 비해 이렇게 가격이 낮다니 이해할 수가 없었다.

"원래 다세대주택이 아파트에 비해 쌀 수밖에 없습니다."

"어째서 그렇지요?"

"아파트는 대부분 매매를 한 사람이 개인적으로 한 호실만 세를 놓습니다. 그러니 최우선 변제권을 따질 때 조금 덜 복잡하죠. 하지만 다세대주택은 다릅니다. 결코 한 호실만 매매로 거래를 할 수 없습니다. 건물이 통으로 묶여있기 때문이죠. 결코 하나의 호실로 권리를 주장할 수 없단 뜻입니다."

"흐음, 그럼 매매는 통째로, 세는 하나씩 놓을 수 있다는 말이군요."

"그렇습니다. 더군다나 이런 다세대주택은 전체 건물의 매매가에 약 40~60%가량이 채권으로 잡혀 있습니다. 은행에서 20%, 입주자들의 전세금으로 나머지를 충당하게 되지요."

"그럼 세입자 입장에서는 부담스러운 것 아닙니까?"

공인중개사는 고개를 가로저었다.

"그렇지는 않습니다. 채권이 잡혀 있다고는 해도 이미 세입자로 들어오는 순간, 전세금에 대한 권리가 생기기에 채권추심에 대한 대항력이 생깁니다. 만약 선생님께서 이곳으로 입주한다고 치면, 흐음, 최우선 변제 순위 2순위가 됩니다. 첫 번째로 은행, 그리고 선생님이죠."

처음으로 부동산을 거래하니 복잡한 것이 한둘이 아니었다.

"이렇게 복잡해서야……."

"하하, 원래 부동산이 다 그렇습니다. 하지만 이런 부채를 떠안기 때문에 십억을 훌쩍 넘는 건물이 달에도 몇 채씩 팔려 나가는 겁니다."

"부채를 떠안는데 건물이 잘 팔려요?"

"물론이죠. 이런 건물의 경우에는 현 매물의 30~40%면 건물을 매매할 수 있습니다."

"어떻게 그게……."

"자동차 리스나 마찬가지입니다. 은행 빚을 떠안는 조건으로 계약을 하는 거지요. 그러니 빚을 깔아놓고 나머지 현금으로만 거래를 하는 셈입니다."

"오호라."

"부동산업에 종사하는 사람들은 돈만 있으면 이런 물건을 급매로 사서 가지고 있다 제값에 되팔지요. 꽤나 짭짤합니다."

"그럼 사장님도?"

그는 솔직하게 고개를 끄덕였다.

"저도 이런 건물이 두 채 정도 있습니다. 하지만 저는 장기 투자 목적으로 산 거라서 감가까지 전부 따지고 샀지요. 하지만 급매 장사는 그럴 필요가 없습니다. 최소한 1년 안에 건물을 대부분 팔 테니까요.”

들고 보니 이 장사가 꽤 짭짤할 것 같다는 생각이 든다.

지금 화수는 현금을 벌어들이고 있는 중이지만, 이것을 안전하게 묻어둘 재테크 방법이 마땅치 않았던 것이다.

화수는 무릎을 쳤다.

‘그래, 이거다!’

모든 것이 레드 오션, 하지만 역시 돈이 많으면 그 이상을 볼 수 있다.

화수는 그 이후 두 시간을 더 투자해서 목이 좋은 다세대주택을 찾아 돌아다녔다.

＊　　＊　　＊

집으로 돌아온 화수는 모든 것을 잊고 부동산에 대한 조사에 착수했다.

나쁘게 말하면 정당하게 번 돈이 아니라 부담이 덜한 것이고, 좋게 말하면 영주 생활을 하다 보니 결단력이 생긴 것이다.

화수는 지금 가지고 있는 돈의 일부를 이용해서 부동산 투자를 계획했다.

대전 시내의 급매물 시장 규모는 대도시 중에서도 손가락 안에 꼽힌다.

신도시 개발이 아직도 이뤄지고 있는 곳이 바로 대전이고, 전원주택도 근교가 아닌 대전 소재에 많이 지어지고 있기 때문이다.

하지만 이런 급매물을 찾아다니는 것이 그렇게 쉽지만은 않았다.

잘 아는 공인중개사를 끼고 있거나 자신이 직접 공인중개사가 되는 방법이 가장 확실하다.

만약 경매로 나온 물건을 찾는 것이라면 지금 거래하고 있는 공인중개사에게 부탁해서 입찰에 참여하면 그만이다.

그렇게 해서 입찰을 따내면 시세의 약 30~40%까지 저렴하게 구입할 수 있다.

그러나 화수가 생각하는 정도의 물건을 경매로는 절대로 구할 수가 없다.

아무리 멍청한 사람이라도 현물 시세의 40%가 떨어져 나가는 경매로 물건을 넘기지 않기 때문이다.

차라리 경매로 넘어갈 바엔 급매물로 내어놓으면 사겠다는 사람이 줄을 서니 굳이 그럴 필요가 없는 것이다.

"다 좋은데 인맥이 부족하군."

만약 이 사업에 손을 대자면 엄청난 공부가 필요할 것 같다는 생각이 든다.

일, 이억 규모의 거래라면 그럴 필요가 없겠지만, 이것은 총액 십억을 호가하는 장사이기 때문이다.

일단 화수는 부동산 공인중개사와 관련법 공부를 하면서 매일 발품을 팔기로 했다.

아는 것이 힘이라는 것을 바로 얼마 전에도 깨달았기 때문이다.

그렇게 앉아서 집중하다 보니 벌써 시간이 일곱 시를 향하고 있다.

순간, 화수는 화들짝 놀라 핸드폰을 꺼내 들었다.

"젠장!"

재빨리 전화번호부에서 유라의 전화번호를 찾았다.

딱히 몇 시에 전화를 건다고는 말하지 않았지만, 그녀가 기다리고 있을지도 모른다는 생각이 들었다.

화수는 떨리는 마음으로 유라의 핸드폰에 전화를 걸었다.

뚜우—

아주 평범한 통화 연결 음이 들리더니 이내 전화를 받는다.

—여보세요?

막상 얼굴을 마주했을 때는 몰랐는데, 목소리를 들으니 심장이 내려앉는 것 같다.

"유, 유라야, 나 화수."

—진짜로 전화했네?

"그럼. 친구가 보자고 했는데 당연히 걸어야지."

—후후, 화수, 의리 있다?

"당연하지. 내가 원래 의리 빼면 시체니까. 하하!"

어쩐지 의도치 않게 목소리가 커지는 것 같다.

"험험! 하여간 뭐 먹을까?"

―난 아무거나 다 좋아. 아니면 술도 좋고.

순간, 애주가 화수의 귀가 번쩍 뜨인다.

"술? 술 좋지!"

―어머, 화수 너도 술 좋아하니?

"야야, 나는 술이 없어서 못 먹는 사람이야."

―호호, 그래?

"요즘 도통 바빠서 술을 못 마셔서 그렇지 원래는 좋아해."

―그럼 오늘 한잔하는 거야?

"그래. 반가운 친구를 만났는데 소주 한잔 빠질 수가 있나?"

―알겠어. 그럼 아홉 시에 둔산동에서 만나는 걸로?

"콜이지. 늦지 않게 갈게."

전화가 끊고 화수는 보이지도 않을 속도로 세진에게 전화를 걸었다.

―어떻게 됐어? 약속 잡았어?

세진은 오늘 하루 종일 화수가 그녀와 연락을 했는지 안 했는지 궁금했던 모양이다.

전화를 받자마자 그녀의 소식을 묻는다.

"오늘 아홉 시에……."

말이 끝나기도 전에 세진이 괴성을 지른다.

―와하하하하하! 엄마, 화수가 여자를 만난대! 오오! 신이시여!

"…그게 그렇게 호들갑 떨 일이냐?"

―당연하지! 잠깐! 지금 이러고 있을 시간이 없어. 약속 시

간이 몇 시라고?

"아홉 시."

—좋아, 일단 시간은 조금 있는 것 같으니까 시내로 당장 나와.

"은행동으로? 갑자기 그건……."

—새끼, 이거 말은 많아가지고. 일단 나와!

이윽고 전화를 끊은 화수는 투덜거리며 집을 나섰다.

"다짜고짜 나오라면 어쩌라는 거야?"

그러면서도 그는 택시를 잡고 있었다.

＊　　＊　　＊

번화가로 나온 세진은 눈코 뜰 새 없이 바쁘게 움직였다.

머리부터 발끝까지 요즘 트렌드에 맞춰서 바꾸어 버리겠다는 심산이다.

"일단 머리부터 어떻게 좀 하자. 머리가 그게 뭐냐? 까치가 집 지었냐?"

"나, 나름대로 투 블록……."

"시끄러워."

화수의 목덜미를 끌고 세진이 미용실로 들어섰다.

"어서 오세요!"

미용실에 들어서자마자 세진이 디자이너를 지명한다.

"김찬희 선생님 좀 불러주세요. 빨리!"

다급한 세진의 목소리에 미용실 직원이 화들짝 놀라 움직인다.

잠시 후 헐레벌떡 미용사가 달려왔다.

"여어, 세진 씨!"

"안녕하셨죠?"

"아이고, 그럼요. 나야 뭐……."

세진은 더 이상 들을 시간이 없다는 듯 화수를 자리에 앉히고 김찬희를 뒤에 세웠다.

"선생님, 이 머리를 보시고 무슨 생각이 드세요?"

"더벙한 것이 답답하기 그지없네요."

"그럼 어떻게 해주실지 감이 오시죠?"

김찬희는 다짜고짜 가위를 꺼내 들었다.

"머리가 얼굴발을 받는 미남이기는 한데… 머리가 이래서야 에러죠, 에러. 제가 30분 안에 변신시켜 놓을게요."

"그럼 선생님만 믿습니다?"

다시 건물을 나서는 세진을 화수가 다급하게 불렀다.

"야, 야 인마!"

하지만 세진은 손을 내저을 뿐이다.

"조금만 기다려! 나 지금 바빠!"

그렇게 세진은 어디론가 사라졌고, 김찬희는 설명도 하지 않고 머리를 자르기 시작했다.

삭둑!

*　　*　　*

　머리가 완성되는 30분 동안 세진은 주변에서 구해온 신발과 액세서리를 화수 앞에 늘어놓았다.

　"이게 다 뭐냐?"

　"뭐긴 뭐야? 보면 몰라? 팔 내밀어."

　"뭐?"

　세진은 검은색 알록달록한 팔찌와 흰색 시계를 화수의 팔목에 둘러주었다.

　"흐음, 좋아. 역시 사람은 얼굴이 받쳐줘야 한다니까."

　"무슨 말이야?"

　그리고 세진은 화수의 발에 파란색 보트화를 끼워 넣었다.

　지금까지 10년을 넘게 알아온 세진은 화수의 발 사이즈를 정확하게 알고 있었다.

　"좋아, 아주 딱이군!"

　"이, 이걸 다 어디서 구해온 거냐?"

　"후후, 내가 누구냐?"

　이윽고 드라이기로 머리를 말리는 화수의 몸에 세진이 파란색 반팔 남방과 남색 바지를 대본다.

　"이야, 역시 얼굴이 좋아지면 옷걸이도 좋아져! 그치?"

　얼떨떨한 표정을 짓는 화수에게 김찬희가 말했다.

　"세진 씨에게서 옷 받아서 일단 걸치고 오세요. 옷을 갈아입다 머리가 다 망가지니까요."

"아, 예."

이윽고 화장실에서 화수가 옷을 갈아입고 나오는데, 주변에서 감탄사가 흘러나온다.

"오오!"

"크흐! 화수 네 얼굴에서 빛이 나는 것 같아!"

김찬희는 박수까지 친다.

짝짝!

"엑설런트! 아주 완벽하군요! 일단 앉아요. 머리 만져드릴게요."

자리에 앉은 화수의 머리에 왁스가 발라지고 서서히 스타일이 완성되기 시작한다.

그리고 약 5분 후, 완벽하게 세팅된 화수의 모습이 거울에 비친다.

그야말로 TV에서나 보던 연예인을 보는 것 같다.

앞, 뒷머리는 짧게 자르고 앞머리를 옆으로 넘겨 아주 샤프한 인상을 주었고, 거기에 블루 컬러의 옷이 매치되어 환상적인 앙상블을 이루고 있다.

"눈물이 앞을 가리네그려! 아무튼 이제 출격이다!"

세진은 화수를 데리고 미용실을 나섰다.

*　　　*　　　*

세진에게 하지 말아야 할 행동을 몇 가지 듣기는 했지만 그것들은 이미 화수의 머리를 떠난 지 오래였다.

막상 문산동에 도착하니 머리가 하얗게 물드는 느낌이다.

"이래서 경험이 중요하다는 거군."

여자를 만나본 적이 없는 화수로서는 상당히 부담스럽기 짝이 없었다.

순간 집으로 돌아갈까 하는 생각도 했지만 그것은 남자로서 용납할 수 없는 행동이었다.

그렇게 약 20분 정도 기다리니 저 멀리서 유라가 걸어왔다.

"화수야!"

"와, 왔어?"

어색하게 손을 흔드는 화수의 모습에 유라가 슬그머니 미소를 짓는다.

"이야, 오늘 멋있는데?"

"그, 그래?"

"난 어때?"

화수는 자신도 모르게 박수를 쳤다.

짝짝!

"에, 엑설런트!"

"풉! 그게 뭐야?!"

"내 추임새가 원래 좀 격하거든."

"호호호! 화수 너 은근히 사람을 잘 웃기는 것 같아."

왜 하필이면 지금 생각나는 사람이 미용실 원장이란 말인가?

하지만 어찌 되었건 그녀가 웃었으니 된 것이다.

"그럼 갈까?"

"그래, 가자."

걱정했던 것보다는 얘기가 수월하게 풀리는 느낌이다.

＊　　　＊　　　＊

세상에는 걱정했던 것보다 힘든 일이 있고 쉬운 일이 있다.

대부분 용기를 내야 하는 일이 생각보다 쉽게 풀리고 노력을 요하는 일이 어렵게 풀리곤 한다.

대표적으로 여자와의 만남이 생각보다 쉬운 일의 첫 번째라고 할 수 있다.

사실 비율적으로 남자가 많지만 괜찮은 남자는 괜찮은 여자보다 현저히 적다.

능력이 좋으면 얼굴이 별로고, 성격이 좋으면 몸매가 별로인 경우가 많기 때문이다.

그렇다고 능력이 나쁜 사람들이 잘생겼냐 하면 그건 또 아니다.

세상에는 잘생긴 사람이 10%, 거기에 몸매까지 좋은 남자는 쉽게 찾아볼 수가 없는 것이 현실이다.

그렇게 치면 화수는 이 거리에서도 쉽사리 찾아볼 수 없는 남자라는 소리다.

사실 위의 조건을 몇 가지라도 갖추었다면 남은 것은 용기

뿐이다.

화수는 위의 조건을 모두 갖추고도 용기까지 내고 있었다.

분위기는 아주 화기애애했다.

더군다나 그가 무슨 말만 하면 웃음이 아주 빵빵 터지는데, 술자리가 무르익는 것은 당연했다.

아마도 영주로서의 생활 덕분에 자연스럽게 유머가 몸에 밴 영향도 한몫하는 것 같다.

일본식 선술집에 마주 앉은 두 사람은 서로에 대한 얘기를 주고받느라 정신이 없었다.

"그나저나 화수 너는 지금까지 어디서 무얼 하다 이제야 나타난 거야?"

조금은 아픈 얘기지만 말하지 못할 이유는 없다.

"전역하고 조금 힘들었어. 몸이 많이 아팠거든."

"어머, 몸이 어떻게 아팠기에 잠적을 해?"

"한쪽 다리가 마비되는 병에 걸렸었어. 그래서 지인들과도 다 연락을 끊어버렸지."

"저런……. 그럼 지금은?"

"지금은 괜찮아. 그러니까 멀쩡하게 돌아다니고 일도 하지."

"우와, 다행이다!"

"기사회생이라고 해야겠지? 내가 이 정도까지 온 것은 대부분 운이니까."

"그래도 포기하지 않은 것은 화수 네 의지잖아. 나는 의지를 꺾지 않은 네가 대단하다고 생각해.”

“후후, 그렇게 대단할 것도 없어.”

그녀는 고개를 가로저었다.

“아니, 정말이야. 나야 할 것 없어서 시집가기 전까지 엄마 밑에서 일하고 있다지만 너는 다르잖아? 이건 다 네 의지에 의해서 하는 일 아니야?”

순간 화수는 자신에게 나타난 변화가 비단 외모와 신체만이 아니라는 것을 깨달았다.

그러자 마음속에 품고 있던 습격에 대한 죄책감이 녹아내리는 것을 느꼈다.

화수는 자신의 마음이 위로되었음에 반사적으로 그녀의 손을 낚아챘다.

“고마워, 유라야.”

“어, 어머.”

그녀의 얼굴이 빨개지고서야 화수는 화들짝 놀라서 손을 놓았다.

“험험! 그게… 그런 것이 아니고… 그러니까…….”

화수가 당황하자 이번에는 그녀가 먼저 그의 손을 잡았다.

“괜찮아. 내가 네 속내를 알아준 것이 고마워서 그런 거지?”

“…응.”

술이 한잔 들어가서 그런지 두근거림보다는 남자로서의 본능이 꿈틀거린다.

“우리 자리 옮길까?”

용기를 낸 화수의 제안에 그녀가 작게 고개를 끄덕였다.

"그럼… 그럴까?"

오늘 당장 그녀를 어떻게 해보겠다는 심산은 아니다.

그저 마음이 맞는 여자를 만났으니 조금 더 대화를 나누며 술을 마시고 싶었던 것이다.

화수는 근방의 분위기 좋은 술집으로 자리를 옮겼다.

THE LORD OF FANTASY
11장
기회, 혹은 위기?

술잔이 오가고 무언가 재미있는 얘기가 좀 더 오갔던 것까
지가 아론의 온전한 기억이다.

"허억!"

자리를 박차고 일어난 아론은 이곳이 다시 루야나드라는 것
을 깨달았다.

"젠장! 술 때문에 필름이 끊어진 모양인데?"

기억이 없는 가운데 아론의 몸으로 깨어났다는 것은 술로
인해 인사불성이 되었다는 소리와 진배없다.

하지만 그녀를 떠올리니 문득 미소가 지어진다.

"후후, 나쁘지는 않았던 것 같아."

태어나 처음으로 여자 손을 잡아보았으니 이제는 죽어도 예

전보다는 덜 억울할 것 같았다.

전쟁터를 수습하고 난 칼리어스 군은 눈보라가 그칠 때까지 구릉에서 숙영하기로 했다.

한차례 전투를 끝내고 난 직후라 전열을 가다듬을 필요가 있었던 것이다.

자리에서 일어난 아론은 숙영지를 시찰하기 위해 나섰다.

휘이이이이이이잉!

아직도 매서운 눈보라가 몰아치고 있다.

"이제 절정이니 내일이면 그치겠군."

눈보라가 절정에 달하면 바람은 서서히 그치고 진눈깨비가 흩날리기 시작한다.

온도가 조금은 내려갈 수도 있다는 것이다.

초병을 제외하고는 모두 충분한 휴식을 취하거나 무기를 손질하고 있다.

특히나 중장비를 다루는 공병들은 자재가 눈에 젖지 않도록 특별히 신경 쓰고 있었다.

이윽고 아론은 전투에서 붙잡은 포로를 심문하기 위한 막사로 들어섰다.

"허억허억!"

"이곳에 온 목적을 말해라. 그럼 목숨만은 살려주겠다."

"풰! 그딴 개소리에 내가 놀아날 것 같은가? 차라리 죽여라!"

걸쭉한 가래침이 얼굴에 달라붙은 기사가 오만상을 찌푸

린다.

"그런데 이 개자식이!"

퍼억!

"크헉!"

"아이엔의 종자들은 처맞아야 말을 듣는다더니 정말이군!"

퍽퍽퍽퍽!

"컥!"

무자비한 폭행, 하지만 포로는 절대로 입을 열지 않는다.

적군의 포로들을 생포하는 과정에서 병사들은 일찌감치 전멸했고, 그나마 검술이 뛰어난 장교들과 참모 몇 명만이 살아남았다.

그런데 아이엔의 장교들은 유독 입이 무거웠고, 하루를 내리 고문해도 절대로 입을 열지 않았다.

"헉헉!"

"이런 지독한 새끼!"

아론은 혀를 내두르는 기사에게 다가갔다.

"아직도 입을 열지 않는가?"

"보시다시피 워낙에 독종이라서 말입니다."

"흐음."

"그냥 죽여 버릴까요?"

"아니, 그러기엔 너무 아깝다. 뭔가 정보를 얻어내지 못한다면 다시 회군할 수밖에 없어."

지금 이대로 부동항까지 간다는 것은 시한폭탄을 안고 잠을 자는 것이나 마찬가지다.

차라리 제도에 알리고 증원을 받는 편이 나을 것이다.

잠시 생각에 잠겨 있던 아론이 병사에게 말했다.

"용병단장을 불러오게."

"예, 알겠습니다."

이내 막사 안으로 아서가 들어섰다.

"찾았다고?"

"자네가 해주어야 할 일이 하나 생겼어."

아서는 축 늘어져 있는 장교를 바라보았다.

"입을 열지 않는 모양이군."

"애초에 고위급 장교를 잡았다는 것이 문제였어. 차라리 햇병아리를 잡았다면 일이 수월했을 텐데 말이야."

"후후, 이런 놈에게 매는 약발이 안 받지."

"그럼?"

"방금 언뜻 들으니 병사들이 막사 내에서 쥐를 몇 마리 잡았다고 하더군."

칼리어스의 설원에는 만년설 아래에 굴을 파고 설치류가 서식하고 있다.

크기는 생쥐와 비슷하지만 가죽이 상당히 질기고 두꺼운 것이 특장이다.

병사들이 막사를 설치하다 녀석들의 굴을 건드린 모양이었다.

"이곳에서는 그런 일이 종종 벌어지곤 하지. 하지만 전염병은 없으니 걱정 없어.”

“혹시 그 쥐새끼들을 좀 얻을 수 있다면 내가 일을 수월하게 처리해 주지.”

두 사람의 대화를 듣고 있던 병사가 손을 번쩍 들었다.

“저희 막사에 쥐를 잡아다 장난치는 녀석들이 있습니다.”

“잘되었군. 어서 가져오게.”

“예, 영주님.”

잠시 후, 정말로 흰색 털의 설치류 몇 마리를 가지고 왔다.

찍찍!

아서는 흰색 털쥐를 보며 슬그머니 미소를 지었다.

“고놈 참 실하게 생겼군.”

“그나저나 털쥐로 뭘 어떻게 하겠다는 건가?”

“후후, 잘 보고 있게.”

병사들이 식사를 하는 반합에 털쥐를 집어넣은 아서가 그것을 장교의 가슴팍에 가져다 댔다.

“조금 보기 힘들 거야.”

아무런 말 없이 고개를 끄덕이는 아론. 아서는 바로 옆에 있던 횃불을 집어 들었다.

“어디 한번 끝까지 입 다물고 있을 수 있는지 두고 보겠어.”

치이이이익!

반합의 바닥에 횃불을 가져다 대자 그 안에 있던 털쥐가 난리법석을 떤다.

찌이이익!

털쥐는 살기 위해 발버둥을 쳤고, 본능적으로 반합의 반대 편을 향해 몸부림치기 시작했다.

순간 아이엔 왕국 장교의 얼굴이 처참하게 일그러졌다.

"아, 아아아악!"

"이렇게 하다 보면 이놈의 내장을 뚫고 들어갈 때까지 털쥐가 쉴 새 없이 움직이겠지."

세상천지에 듣도 보도 못한 기상천외한 고문법이다.

"으, 으아아아악!"

"지금 입을 열면 살려주겠다. 그렇지 않다면 털쥐와 함께 생을 마감하게 되겠지."

미친 듯이 고개를 좌우로 흔들던 아이엔 군 장교가 입을 열었다.

"그, 그만! 씨발, 그만!"

"입을 열겠나?"

"열겠다! 그러니 그 빌어먹을 횃불 좀 치워!"

"후후, 진즉 그럴 것이지."

독종의 입을 열게 만들다니 도대체 아서의 한계는 어디까지인지 사뭇 궁금해진다.

"…자네와 척지고 싶지 않군."

"후후, 그럴 일 없을 거야. 용병에게 돈을 주는 사람은 밥줄이니까."

이윽고 아서는 아무런 일도 없다는 듯이 막사를 떠났다.

*   *   *

창백한 안색의 아이엔 군 장교는 힘겹게 입을 열었다.

"…우리는 부동항에 전초기지를 만들어 대군을 상륙시킬 예정이었다."

이미 첩보로 지형에 관한 정보는 가지고 있을 것이니 이들이 어떤 생각을 하고 있을지 충분히 예상이 된다.

"이곳을 교두보로 삼아 제도까지 한 번에 진격할 계획이었던 것이군."

"그렇다."

아론은 적군의 사령관이라는 자의 계획에 감탄할 수밖에 없었다.

도대체 그 누가 빙하를 건너 이곳에 전초기지를 만들 생각을 했단 말인가?

몬스터가 우글거리는 지역이긴 하지만, 그래서 상륙을 계획하기엔 안성맞춤일 것이다.

"지략이 뛰어난 사람이군."

"…내가 아는 것은 여기까지다. 이제 편하게 죽여라."

아론은 고개를 가로저었다.

"내가 언제 죽인다고 했나? 목숨은 보장한다고 누누이 얘기하지 않았던가?"

순간, 아이엔 군 장교의 얼굴이 와락 일그러졌다.

"이, 이런 비열한 작자 같으니! 네가 그러고도 기사인가?!"

“약속대로 목숨을 살렸다. 기사로서 약속을 지킨 것뿐이
다.”

“이런 개자식!”

이대로 제국의 수도로 끌려간다면 이 사람은 필시 죽은 목
숨일 것이 뻔하다.

게다가 아주 천천히 고통스럽게 고문만 당하다 사지가 찢겨
죽을 것이 분명했다.

아론 역시 그 사실을 너무나 잘 알고 있지만 이 모든 사실을
증명하자면 증거가 필요했다.

“이로써 세금을 조금이나마 줄여줄까?”

이미 그는 모든 것을 감내하기로 했다.

그런 그에게 적군을 향한 자비 따위는 이미 남아 있지 않았
다.

＊　　　＊　　　＊

적군이 대량의 상륙작전을 준비하고 있었다는 사실이 밝혀
진 지금, 아론은 병사들을 회군시키기로 했다.

어차피 이곳에 전초기지를 세워두었으니 다시 진군하는 것
은 그리 어려운 일이 아니기 때문이다.

영지로 다시 돌아온 아론은 황급히 집사 클락을 찾았다.

“쿨럭! 돌아오셨으면 조금 쉬시지 어인 일이십니까?”

“클락, 지금 그렇게 한가하게 있을 시간이 없어. 적군이 상

류작전을 펼치려 했어.”

“쿨럭쿨럭! 그것 참 큰일이군요.”

아론이 자신에게 무엇을 원하는지 클락은 너무나도 잘 아는 듯이 움직인다.

“지금 당장 지하실에 다녀오겠습니다. 조금만 기다리시지요.”

덜덜거리는 걸음으로 가기엔 무리다. 그는 손녀 베일리를 불렀다.

“쿨럭! 그것을 가지고 오너라.”

잠시 후, 베일리가 가지고 온 것은 단단한 철로 된 상자였다.

아론은 집무실 구석에 처박혀 있던 열쇠 꾸러미를 꺼내어 붉은색 리본이 묶인 열쇠를 골라냈다.

“내가 직접 이 물건을 쓸 날이 오다니…….”

상자 안에 들어 있는 물건은 제도의 궁정마법사단과 직접 연결되는 수정구였다.

각 영주들은 위급 상황이나 중대사가 발생하면 마법사단의 수정구로 연락을 하도록 되어 있다.

하지만 나라의 근간이 흔들리는 일이 아니면 어지간해서는 사용하지 않는다.

아론은 수정구를 꺼내어 비단으로 살살 문질렀다.

이윽고 비단이 지나간 자리에서 밝은 빛이 서서히 흘러나오기 시작했다.

우우우웅, 화악!

수정구에는 마나로 하여금 서로 동기화가 되도록 설계가 되어 있다.

그래서 하나의 수정구가 비단을 촉매제로 발광하면 제도의 마법사단의 비상연락망에 요란하게 신호가 떨어지게 된다.

아마 지금쯤이면 황제의 귀에도 이 소식이 들어갔을 것이다.

"이제 몇 시간 후면 마법사단이 도착하겠군."

"쿨럭! 단장님이 오실 테니 방을 마련하겠습니다."

"그래 주겠어?"

랭턴의 절친한 지기이자 마법사단장 루파인은 아론이 어린 시절부터 줄곧 봐온 사람이다.

그렇지만 변방으로 밀려난 지금, 루파인은 오고 싶어도 올 수가 없었다.

마법사단장이 자리를 비운다면 중대사가 발생할 시 대처할 수가 없기 때문이다.

"15년 만인가?"

아버지를 기억하는 사람이 한 명 더 있다는 생각에 아론은 가슴이 두근거렸다.

*   *   *

수정구가 반응하고 난 지 약 5시간 후, 불빛이 사그라졌다.

이제 곧 궁정마법사단이 이곳으로 텔레포트를 해올 것이다.

공간 전이 마법은 오로지 7서클 마스터에 오른 마법사단장이 시현할 수 있는 고난이도 마법이다.

게다가 엄청난 마력과 고가의 촉매제를 요구하기 때문에 어지간해서는 잘 사용하지도 않는 마법이다.

아론은 영주성의 마당에 있는 모든 물건을 안으로 들였고, 이곳에 이백 명의 마법사가 들어설 수 있는 충분한 공간을 마련했다.

그리고 잠시 후, 하늘에서부터 밝은 빛줄기가 내려오기 시작했다.

위이이이이잉.

팟!

하얀 불빛이 번쩍거린다 싶은 찰나, 푸른색 망토를 걸친 마법사단이 모습을 드러냈다.

그 중앙에는 금빛 휘장을 어깨에 두른 단장 루파인이 서 있었다.

아론은 루파인에게 달려가 깊이 고개를 숙였다.

"어서 오십시오, 공작 각하!"

제국의 2대 공작 중 한 명인 루파인이 살짝 고개를 숙여 답했다.

"오랜만이군, 아론 자작."

"먼 길 오시느라 얼마나 고생이 많으셨습니까?"

루파인은 어깨를 으쓱했다.

“고생은 무슨, 1초면 날아오는 거리 아닌가?”

제도에서 칼리어스까지는 적어도 보름이 걸리는 대장정 길이다.

그런 거리를 무려 1초 만에 주파한다는 것은 기적에 가까운 일이다.

마법사는 항상 기적을 만들어내는 그런 존재들인 것이다.

반가운 마음은 잠시 접어둔 채, 루파인이 아론에게 물었다.

“그래, 호출을 한 연유를 먼저 들어보고 싶군.”

아론은 손과 발을 모두 묶어놓은 포로들을 끌고 나왔다.

순간 루파인이 미간을 좁혔다.

“아이엔 왕국군?”

“그렇습니다. 저번 몬스터 토벌 때 잡아들였지요.”

왕국군 복장에 대해서는 아주 잘 알고 있는 루파인은 그들이 고위급 장교들이라는 것을 간파해 냈다.

“적어도 천인대장급 장교들이군. 이런 장교들이 섞여 있다는 것은……..”

“부동항에 진을 설치하기 위해 오천의 병력이 파견되었다고 합니다.”

“교묘한 자들이군. 이렇게 중요한 시기를 틈타 파병을?”

루파인은 조금도 지체할 시간이 없다는 듯 그들을 압송할 준비를 했다.

“죄인들까지 모두 황도로 가야겠네. 물론 자네와 기사단 일부도 마찬가지일세.”

“예, 알겠습니다.”

벨리안에게 전권을 위임한 아론이 마법사단 진영으로 다가갔다.

그러자 루파인이 보이지 않게 아론의 옆구리를 쿡 찌른다.

“훌륭하게 자랐군.”

“감사합니다, 공작 각하.”

“밀린 얘기는 나중에 하세나.”

“예.”

잠시 후 아론과 삼 인의 기사단이 루파인과 함께 모습을 감추었다.

THE LORD OF FANTASY
12장
이 보 전진을 위한
일 보 후퇴

　전시 상황에서 영토를 침범한 사실은 명백한 도발 행위이다.

　하지만 현재 제국의 상황이 매끄럽게 병탄을 마칠 만한 여건은 아니었기에 무조건 선제 타격을 운운할 일은 아니었다.

　포로들을 제도로 압송한 후 황제의 주관 하에 궁정회의가 소집되었다.

　각 부처의 장관들은 물론이고 귀족회의의 수장 시리스 공작과 궁정마법사단장 루파인이 회의에 참석하였다.

　그리고 마지막으로 이번 전투를 승리로 이끈 주역인 아론 역시 회의에 참석하게 되었다.

　백색 대리석을 깎아 만든 대전은 상당히 웅장하면서도 화려

하지 않은 것이 특징이었다.

십 인의 장관과 시리스 공작이 아론에게 다가왔다.

루파인은 황제에게 이번 공간이동에 대해 보고하고 있었기에 이곳에 아론의 편은 아무도 없었다.

하지만 시리스는 겉으로 아주 환하게 미소를 짓고 있었다.

"오랜만이군, 아론 벨런티아 자작."

"그동안 강녕하셨습니까?"

"나야 뭐 항상 그렇지. 자네는 요즘 들어 상당히 바쁜 것 같더군."

"굶어 죽지 않기 위해 발버둥치는 정도지요. 저희같이 비루한 영지에서 노력하지 않으면 무얼 먹고 살겠습니까?"

"그렇게까지 겸손할 필요는 없네. 그저 예비 사위의 근황이 궁금했을 뿐이니까."

여기까지 들으면 시리스가 아론을 상당히 친근하게 생각하는 듯하다.

하지만 그의 말에는 언제나 가시가 돋아 있다.

"혈혈단신으로 부동항까지 진격할 생각을 했다니 배짱 하나는 아주 두둑하단 말이야. 안 그런가들?"

"하긴 거기가 어디 보통 먼 곳입니까? 잘못하면 몬스터에게 습격당해 목숨을 잃을 수도 있지요."

아론의 기지를 칭찬하던 시리스가 갑자기 표정을 바꾸었다.

"그런데 말이야, 굳이 이런 시기에 부동항까지 진격하려던 이유가 뭐야? 그리고 하필이면 지금 이 타이밍에 아이엔 왕국군과 맞닥뜨린 것은 또 뭐고."

"그저 우연에 우연이 겹친 것이지요. 올 겨울까지 부동항에 진출하지 못하면 먹고살 길이 막막했기 때문입니다. 아무리 제가 돈을 벌어온다고는 해도 영지를 제대로 건사할 수는 없으니까요."

"그렇다고 목숨을 건다?"

"이래 죽으나 저래 죽으나 죽는 것은 마찬가지 아닙니까?"

"후후, 그래? 그저 단순히 부동항을 통해서 무엇을 도모하려던 것은 아니고?"

순간 아론의 눈썹이 미묘하게 꿈틀거렸다.

"…그럴 리가 있습니까? 제 주제에 뭘 도모한단 말입니까?"

끝내 고개를 숙이고 마는 아론에게 시리스는 그제야 몰이를 그만두었다.

"그렇지? 벨런티아가 뭘 어쩔 수 있겠어?"

시리스의 특기는 바로 사람을 구석으로 내모는 화법이다.

만약 그가 마음만 먹었다면 적과 내통을 했다는 명분으로 심문을 시작했을지도 모른다.

황제파 귀족들의 수장 시리스는 이미 재상으로서 내각을 장악하고 있었던 것이다.

잘못하면 루파인이 손을 쓸 겨를도 없이 아론은 전쟁범죄자로 감옥행을 면치 못할 수도 있다.

특히나 황궁회의에서 그의 힘은 막강하기 때문에 섣불리 입을 열어서 득이 될 것은 하나도 없다.

아론은 그저 시리스에게 머리를 조아릴 뿐이었다.

시리스는 이런 아론을 몰아붙이고 적당히 풀어주는 것에 재미를 느끼는 모양이다.

아까와는 다르게 아주 흡족한 표정이 되었다.

'천하의 사이코 같으니……!'

랭턴의 잔상과 같은 아론은 그에게 여흥거리와 같은 것인지도 모를 일이다.

잠시 후 황제 칼번이 등장한다는 소식이 들렸다.

"대 루멘트 제국의 지배자 황제 폐하께서 등장하십니다!"

황도군 사령관과 궁정마법사단장을 대동한 채 황제 칼번이 모습을 드러냈다.

백옥 같은 피부와 또렷한 이목구비, 아름다운 기품이 넘쳐흐른다.

천천히 걸어 입장한 칼번의 앞에 전 귀족이 무릎을 꿇었다.

"황제 폐하를 뵈옵니다!"

"폐하!"

칼번은 권좌에 앉기 전, 일단 신료들부터 일어서게 만들었다.

"고개를 들라."

"황은이 망극하여이다!"

수많은 귀족들 사이, 칼번의 시선이 아론에게로 향했다.

"그대가 랭턴의 아들 아론인가?"

"그러하옵니다, 폐하!"

"어쩐지 아버지와는 생긴 것이 아주 딴판인 것 같군. 외탁인가?"

"아마도… 그렇지 않나 사료되옵니다."

"그렇군."

찬바람이 쌩쌩 불어 닥치는 듯한 칼번의 눈이 아론에게 조금 더 머문다.

"얘기는 들었다. 짐의 영토에 아이엔 왕국군이 쳐들어왔다고?"

"그러하옵니다, 폐하."

"선전포고가 공표된 이 시점에 별동대라니 웃기지도 않는 놈들이군."

"사건이 일어난 시기로 보아 아마도 병탄이 선언되기 전부터 준비한 것으로 보이옵니다."

"페드릭 국왕이 아주 미쳐도 단단히 미친 모양이군."

아론은 지금이 바로 부동항을 되찾을 절호의 기회임을 직감했다.

"폐하, 소신 아론 벨런티아, 감히 폐하께 주청드리옵니다! 부디 저들이 또 다시 꼼수를 부리기 전에 부동항을 탈환할 수 있도록 윤허하여 주시옵소서!"

아무리 벨런티아 가문을 눈엣가시로 여기는 칼번이라고는 하지만 국가의 명운이 걸린 일에 과거사를 가져다 붙일 수는 없을 것이다.

"그래, 그대의 말이 틀리지는 않군."

"소신께 소임을 맡겨주신다면 분골쇄신 최선을 다하겠나이다!"

지금 아론이 밀어붙이면 영지민의 피해를 최소화하면서 부동항을 되찾을 수 있다.

"흐음."

몬스터들이 워낙에 들끓는 곳이라 정부가 오랜 시간 방치했던 곳을 다시 되찾는다는 것은 결코 쉬운 결정이 아니다.

그곳이 지금 어떤 상태인지도 모르는 상황에서 파병은 도박이나 마찬가지였던 것이다.

순간, 어쩐 일로 시리스가 아론의 편에 선다.

"폐하, 소신 시리스 에르니아, 폐하께 주청 드리옵니다. 부디 부동항을 되찾게 윤허하여 주시옵소서."

칼리어스의 부흥은 아론이 다시 정계로 돌아온다는 뜻이고, 귀족파에 힘을 실어줄 아주 좋은 구실이었다.

시리스의 측근들이 경악에 물든 표정으로 그를 바라보았다.

하지만 그는 보일 듯 말듯한 미소를 지었다.

"속히 부동항을 취하시어 그곳을 특별 지부로 지정해야 할 것으로 사료되옵니다!"

"……!"

아론은 마치 뒤통수를 얻어맞은 듯 머리가 얼얼했다.

설마하니 부동항의 국유화를 부추기기 위해 파병을 주청할 것은 전혀 상상도 못했기 때문이다.

'이런 빌어먹을!'

칼번이 시리스에게 질문했다.

"어째서 그러한가?"

"부동항은 앞으로 군사 요충지로 사용될 것이옵니다. 그러니 그곳에 진을 치고 해군과 기사단을 주둔시킴이 옳은 줄로 사료되옵니다."

만약 지금 아론이 이를 반대한다면 스스로 이득을 챙기겠다고 시인하는 꼴밖에 되지 않는다.

당혹감에 물든 아론에게 칼번이 물었다.

"그대의 뜻에 대공이 저렇게까지 주청을 하는군. 그래, 그렇다면 짐이 하나만 묻겠다. 만약 그대에게 짐이 토벌군 대장을 맡기면 그곳에 진을 쌓고 특별지부로 만들 수 있겠는가?"

이렇게 되면 부동항은 졸지에 황제의 직할 영지로 전락하고 칼리어스에는 세금만 돌아올 것이 뻔하다.

부동항을 통해 일어서려던 아론은 큰 타격을 받았다고 할 수 있었다.

하지만 그는 절대로 절망하지 않는다.

이 보 전진을 위한 일 보 후퇴, 아론은 이 사건을 그렇게 생각하고 있었다.

'그래, 돈을 포기하고 정계로 진출하는 것이 이득이겠지.'

아론은 과감하게 부동항을 포기하기로 했다.

"소신, 목숨이 끊어지는 한이 있더라도 끝까지 임무를 완수하겠나이다, 폐하!"

"좋다. 그대의 의지가 정녕 그러하다면 황도군 천오백 명,

궁정마법사단 사십 명을 파병하겠다. 거기에 전함 다섯 척과 수송선 스물다섯 척, 해군력 천오백 명을 부동항 근방에 배치하여 진이 완성될 때까지 주둔시키기로 하겠다. 이 정도면 토벌에 임할 수 있겠지?"

"황은이 망극하옵니다, 폐하!"

영토와 어장을 잃었다는 것이 어떤 의미인지 아론은 그 누구보다 더 잘 알고 있었다.

하지만 아론의 목적은 부동항과 칼리어스를 잇는 일, 50%는 성공했다 할 수 있을 것이다.

*   *   *

칼리어스 부동항으로의 진격이 결정된 직후, 황도군 사령관 제피로스 자작과 궁정마법사단 3조장 레이첼이 원정대를 꾸리기로 했다.

그리고 토벌군의 총사령관에는 아론이 임명되었다.

전투 물자를 보급하는 최종 승인을 내리는 일은 황제의 권한이다.

금박으로 만든 두루마리에 옥새를 찍기 전 칼번은 흥미로운 미소를 지었다.

"검공가의 자식이라……. 아직 그 대가 끊어지지 않은 모양이군."

칼번은 지금까지 아론의 역량을 과소평과하고 있었다는 것을 절감했다.

아론은 그 누구의 도움도 받지 않고 오로지 칼리어스의 그 척박한 땅의 자원만으로 원정을 이끈 것이다.

그것은 칼리어스에 장벽이 생기고 난 이후 처음이다.

"참으로 재미있고도 아까운 청년이군."

그저 다리가 불편한 추남으로만 알려져 있었지, 그가 첫 원정에서 두 배나 되는 병력 차이를 극복할 정도로 뛰어난 지략가라는 사실은 알려지지 않았었다.

그렇다는 것은 아론이 힘을 키우기 전까지 몸을 웅크리고 있었다는 소리나 다름없다.

서류에 황제의 직인을 찍은 칼번이 손가락을 튕겼다.

딱!

"카렌트."

칼번의 부름에 천장에서 한 인영이 뚝 떨어져 내렸다.

"찾아 계시옵니까?"

"원정 준비는 어떻게 되어 가는가?"

"분부하신 대로 준비하였사옵니다."

"그렇군."

칼번이 황태자 시절, 카렌트의 아버지 가렌은 그의 수족이 되어 정치 기반을 다지는 데 혁혁한 공을 세웠다.

이제는 그의 아들이 그 대를 물려받아 칼번의 수족 노릇을 하고 있는 것이다.

부복한 카렌트에게 칼번이 두 개의 유리병을 건넸다.

"하나는 에르니아 가문의 적자에게, 하나는 벨런티아에게 사용하거라."

투명한 호리병에는 각각 빨간색과 파란색 약물이 들어 있었는데, 호리병은 은색 광물로 코팅되어 있었다.

카렌트의 입에서 자연스럽게 낮은 감탄사가 흘러나왔다.

"미스릴……."

루야나드 심해에서만 채취할 수 있는 미스릴은 숙련된 해녀들이 평생 한 번 만날까 말까 한 아주 귀한 광물이다.

강도는 강철의 열 배이며 독극물과 마법을 막아내는 데 아주 탁월한 효능이 있다.

고로 미량의 미스릴만으로도 족히 몇 백 골드는 될 것이다.

"두 장자의 목숨 값이라고 생각해라. 일이 끝나면 증거는 철저히 인멸해야 한다."

"분부 받들어 거행하겠나이다."

칼번이 즉위하기 전, 제국은 알테인 대제라는 정복군주를 필두로 엄청난 규모의 정복전쟁을 벌이고 다녔다.

그 당시 칼번은 참모부의 수관을 지내고 있었다.

제도에서는 정복전쟁의 큰 청사진을 황도군 사령부에 전달했는데, 이때 세부 전략을 짜는 곳이 바로 참모부였다.

그만큼 군부에 관해서는 칼번 역시 모르는 것이 없었다.

아는 것이 많으면 부스럼이 생기게 마련, 그는 참모부 수관을 지내면서 굳이 알아서 좋을 것 없는 사실까지 알게 되었다.

그것은 바로 아버지 알테인 황제에게도 한 가지 치부가 있다는 것이었다.

황도군 사령관 랭턴이 아이엔 왕국을 병탄하지 않고 회군한 것은 모두 황제 알테인의 과거 때문이었다.

아이엔 왕국의 왕녀 세실리아와 알테인은 젊은 시절 깊은 정을 통한 사이였다.

그러나 황태자였던 알테인은 그녀와는 맺어질 수 없었고, 결국 정복전쟁은 시작되고 말았다.

그렇게 시간은 흘러 알테인은 황제가 되었고, 대륙 전역을 돌며 영토를 확장하고 다녔다.

화려한 정복전쟁의 막바지, 랭턴은 끝내 아이엔 왕국군을 격파하고 왕도까지 진격했던 것이다.

알테인은 차마 아이엔 왕조를 멸망시키지 못하고 영토의 절반을 받고 강화조약을 맺는 것에 그치도록 밀지를 내렸다.

그때 멸망시키지 않은 아이엔 왕조는 다시 대륙 남부지역 왕국들을 부추겨 끝내는 반제국주의 동맹을 만들어냈던 것이다.

즉위 30년간 알테인이 남긴 수많은 업적 중에서 유일하게 오점이 된 부분이 바로 이것이다.

만약 이것이 알려지게 된다면 알테인은 사사로운 감정에 빠져 다음 대의 황정을 어지럽힌 황제가 되고 말 것이다.

때문에 칼번은 아이엔 왕국을 병탄하면서 이 사실에 대해 아는 모든 사람들을 숙청하기로 마음먹었던 것이다.

"명심할 것은 쥬드 백작이 제거되는 시기와 맞물려 없애야 한다는 것이다. 그래야 잡음이 없을 것이야."

"명심하겠나이다."

이윽고 카렌트가 다시 신영을 감추었다.

팟!

제거해야 할 사람은 백작 쥬드, 자작 아론, 그리고 자작 제피로스였다.

세 사람이 없어진다면 아마 그는 마음 편하게 두 발을 뻗고 잠을 잘 수 있을 것이다.

*   *   *

아론과 루파인이 담소를 나눌 수 있는 시간은 출정 전야뿐이었다.

궁정마법사단장 집무실에 아론과 루파인이 마주 앉았다.

루파인은 아론의 외모가 왜 변하였는지, 그리고 다리는 어떻게 된 것인지 궁금한 것이 한두 가지가 아니었다.

아론은 모든 사실을 다 말할 수는 없겠지만 언젠가는 루파인과 함께 평행 세계선을 연구할 날이 올 것이라 그는 굳게 믿고 있었다.

그는 루파인에게 이 모든 것은 그저 우연의 일치라고 둘러댈 뿐이었다.

"그렇게 친다면 자네는 운이 참 좋은 편이군."

"하늘이 도우신 것이지요."

"후후, 그게 그렇게 되는가?"

"아니면 돌아가신 아버지께서 저를 불쌍히 여기신 건지도 모르지요."

루파인은 씁쓸한 미소를 지었다.

"랭턴의 이름이 이제 고인으로 불리다니 아직까지 믿기지가 않는군."

"사람은 언젠가는 흙으로 돌아갑니다. 저는 그렇게 생각하며 살고 있습니다."

"나이에 비해 참으로 강한 성품을 지녔군."

아론은 묵묵히 고개를 숙일 뿐이다.

루파인은 아론에게 검은색 상자 하나를 건넸다.

"이게 뭡니까?"

"어느 날 랭턴이 나를 찾아와 이것을 건네며 부탁했지. 자신이 죽어 아들이 장성하면 전해주라고 말이야."

상자를 열어보니 노트 한 권이 덩그러니 놓여 있었다.

한데 아론은 종이의 재질을 만져보고는 화들짝 놀랄 수밖에 없었다.

아직까지 루야나드 대륙 어디에서도 이렇게 양질의 종이는 구할 수 없었기 때문이다.

그나마 루멘트의 재지 기술이 대륙 최고라고는 하지만, 아직까지 갱지보다 못한 수준이다.

게다가 놀라운 것은 노트 앞장에 아주 익숙한 글귀가 쓰여 있었던 것이다.

“한, 한문?”

루파인은 한문을 알아보는 아론에게 물었다.

“자네는 이 글씨가 어떤 것인지 아는 모양이군.”

어째서 랭턴이 한문을 알고 있던 것일까?

아론은 루파인의 질문에 퍼뜩 정신을 차렸다.

“아버지와 저만이 알고 있던 비밀 문자입니다.”

“오호라, 부자간에 그런 암호까지 사용할 정도로 친밀했단 말인가?”

“어린 시절의 장난 같은 것이었지요.”

“흐음, 그래서 나는 절대로 알아볼 수가 없었던 것이군. 당시 랭턴도 그런 말을 했던 것 같군. 안의 내용을 알아볼 수 있으면 읽어도 좋다고 말이야. 하지만 나는 이런 상형문자는 룬어면 충분하다고 생각하는 사람이라 일찌감치 포기했다네.”

천자문을 잠깐 외운 적은 있어도 아론은 모든 한문을 다 통달하진 못했다.

게다가 한문과 비슷하긴 한데 도대체 이게 무슨 뜻인지 알 수가 없었다.

어찌 되었건 아론에게는 랭턴을 잘 알 수 있는 좋은 기회라는 것은 분명했다.

“아무튼 몸조심하게. 자네마저 간다면 내가 나중에 랭턴을 볼 낯이 없어.”

“알겠습니다.”

“레이첼은 내 충복 중의 충복일세. 다른 사람은 몰라도 레이첼 그녀는 믿어도 좋아.”

“감사합니다, 각하.”

먼 길을 떠나는 아론. 루파인은 씁쓸한 표정을 지었다.

“사내에겐 위험하단 것을 알면서도 가야 할 때가 있다네. 지금이 바로 그때라고 생각하고 힘내게.”

아론은 그에게 깊게 고개를 숙였다.

*　　　*　　　*

시원한 에어컨 바람이 화수의 얼굴을 간질이는 듯하다.

“으음.”

루야나드는 출정 전야라 상당히 바쁜 상태였으나 이곳은 다르다.

손목에 걸려 있는 시계를 바라보니 일요일 아침이다.

지금은 여름, 이른 아침이라도 분명 해는 뜬다.

“내가 언제 커튼을 달아두었던가?”

자리에서 일어선 화수는 자신이 누워 있던 자리가 좀 이상하다는 것을 알 수 있었다.

몸이 살짝 움직일 때마다 침대 전체가 일렁거린다는 느낌이 든다.

“땅이 꿀렁거려?”

아직 잠이 덜 깨서 그런 것이 아닌가 하는 생각해 본다.

순간, 화수의 허벅지로 사람의 손이 턱하고 올라온다.

"세진이?"

화수의 인맥은 상당히 좁다. 그래서 이렇게 함께 잠을 잘 사람은 세진 말고는 없다.

귀찮다는 듯 그의 팔을 치워낸 화수가 자리에서 일어섰다.

그제야 화수는 이곳이 자신의 집이 아니라는 것을 알 수 있었다.

침대라 꿀렁거리는 것은 아마도 세진의 취향 때문인 것 같다.

"이 새끼는… 남자 둘이 모텔을 와도 물침대를 쓰려 한다니까."

세진은 화수와 먼 거리에서 술을 마시는 날이면 꼭 모텔에서 하루를 보내곤 했다.

다리가 불편한 화수는 사람이 많은 곳을 꺼려 했기에 1차는 후미진 포장마자, 2차는 꼭 모텔이었던 것이다.

그러고 보면 세진은 지금까지 화수를 아주 살뜰히도 챙겼던 친구다.

아마 화수에게 가족과 가장 비슷한 사람을 꼽으라면 지체 없이 세진을 꼽을 것이다.

"그나저나 머리 한번 더럽게 아프군."

어제 소주를 너무 많이 마신 모양이다. 그렇지 않다면 이렇게 머리가 아플 리가 없다.

화수는 모텔 방을 이리저리 돌아다니며 리모컨을 찾았다.

요즘 모텔은 대부분 리모컨 하나로 방 안의 모든 전자기기를 조작하기 때문이다.

"어디 보자."

침대 바로 옆으로 야광 버튼이 덕지덕지 붙은 리모컨의 실루엣이 보인다.

화수는 리모컨에서 형광등을 켜는 버튼을 찾았다.

삐익!

방 내부의 불이 모두 켜지며 실내가 환하게 밝혀졌다.

팟!

"허어, 아주 옷을 여기저기 흩날려 놓았구먼."

어지간하면 자택에서도조차 나체로 돌아다니지 않는 화수의 성향을 생각하면 아주 의외의 일이다.

속옷이라도 찾으려 바닥을 뒤적거리는데 어쩐지 레이스가 달린 속옷이 보인다.

게다가 대부분이 망사로 되어 있는 삼각 팬티였다.

"이 새끼 이거… 변태 아니야?"

화수는 인형 눈알을 붙여 부모님 몰래 나이트클럽을 다니는 세진이라면 충분히 그럴 수도 있겠다 싶었다.

그러려니 하며 자신의 팬티만 찾아 입고 잠에 빠져 있는 세진에게 다가갔다.

"세진아, 일어나."

무심코 그의 엉덩이를 툭 건드리는데 어쩐지 상당히 말랑말랑하다.

물컹!

중학교 때부터 유도, 복싱, 합기도까지 어지간한 운동은 죄다 섭렵한 세진의 몸은 무척이나 탄탄했다.

그래서 화수는 세진을 괴롭힐 때 주로 엉덩이를 걷어차곤 했다.

"요즘 운동을 좀 게을리하나?"

하지만 지금까지 화수가 추리한 것은 모두 사실이 아니었다.

"우웅……."

이불을 뒤집어쓰고 있던 누군가가 자리에서 일어섰다.

순간 화수는 어제 자신이 누구와 술을 마셨는지 깨닫게 되었다.

"허억!"

세진은 아마도 지금쯤 다른 곳에서 취해 자고 있을 것이다.

그리고 이불 사이로 그녀가 얼굴을 빠끔히 내밀었다.

"…어머나!"

어쩐지 익숙한 얼굴, 유라였다.

『몽환의 군주』 2권에 계속…

왕좌의 주인
이영후 판타지 장편 소설
FANTSY FRONTIER SPIRIT
2
1

눈매 新무협 판타지 소설
FANTASTIC ORIENTAL HEROES
가면의 마존